CW01432139

Itinéraire au crépuscule

Maxime Dalle

Itinéraire au crépuscule

Belfast-Jérusalem-Bagdad

———

éditions du
ROCHER

Tous droits de traduction,
d'adaptation et de reproduction
réservés pour tous pays.

© **2019, Groupe Elidia**
Éditions du Rocher
28, rue Comte Félix Gastaldi – BP 521 – 98015 Monaco

www.editionsdurocher.fr

ISBN : 978-2-268-10189-7
EAN Epub : 9782268102177

À Capucine, Archibald et Antaba

CRÉPUSCULE (kré – pu – sku – l') s.m. **1°** Nom donné à la lumière qui reste après le coucher du soleil. Ainsi l'aurore et les crépuscules sont une grâce que la nature nous fait, c'est une lumière que régulièrement nous ne devrions point avoir et qu'elle nous donne par-dessus ce qui nous est dû.

Le *Littré*, **1889.**

[...] Nés des mystères du premier matin, ils songent à ce qui peut donner au jour, entre le dixième et le douzième coup de l'horloge, un visage si pur, si pénétré de lumière, de sereine clarté qui le transfigure : ils cherchent la Philosophie d'avant Midi.

NIETZSCHE, *Humain trop humain,* **I,**
« *Le voyageur* », **§ 638.**

AVANT-PROPOS

Itinéraire au Crépuscule raconte l'histoire de trois géographies, trois civilisations aux abois. L'une est occidentale et insulaire, l'Irlande des Gaëls, la deuxième est la Terre brûlante de Palestine, carrefour spirituel de l'Orient, et la dernière, ancienne patrie de Saddam Hussein, est cette antique Mésopotamie où émergèrent la grande Babylone et l'Assyrie d'Assurnazirpal II.

Sous le patronage de Jack London, je suis parti à la rencontre de ces géographies martyrisées et de ces peuples meurtris. Nord-Irlandais, Palestiniens, Yézidis, Zoroastriens, ils sont le cri ultime d'une beauté immémoriale.

L'Irlande et sa lutte à mort face à l'ogre anglais. Les catholiques nord-irlandais, irréductibles combattants, m'ont chanté leur poésie mélancolique : Bik McFarlane, ami et frère d'armes de Bobby Sands et Pater, mon guide émotif, ancien militant de l'IRA toujours fidèle à ses élans révolutionnaires. Ils m'ont tous deux appris à sourire et pleurer pour de vrai et, surtout, à *tenir parole*.

Les chrétiens de Terre sainte, en voie de disparition, demeurent les gardiens fidèles du tombeau du Christ. Ils m'ont rappelé que Jésus était cet Homme-Dieu qui tirait Son *autorité* de Sa *fragilité*. De Tibériade à Jérusalem, j'ai croisé et touché leurs visages tuméfiés. Ils m'ont appris le sens de la vocation et du sacrifice.

Les Yézidis d'Irak et les chrétiens martyrs de la plaine de Ninive m'ont accueilli sur le Mont Sinjar sous une tente de fortune, à Kirkouk au milieu des pipelines et escorté entre les ruines encore fumantes de Mossoul. Ils m'ont enseigné la dignité face au souvenir intolérable de leurs morts *génocidés* ainsi que l'hospitalité intégrale.

Je me suis aventuré entre 2016 et 2017 au cœur de ces peuples réprouvés, vacillant face à l'Histoire. Mais, alors que tout semblait perdu, j'ai soudainement compris que Nord-Irlandais, Palestiniens et Irakiens persisteraient à exister par-delà la nuit, comme un crépuscule inaltérable.

M.D

PARTIE I

Un centenaire de feu

Il n'y a pas de plus grand amour que de donner sa vie pour ses amis.

SAINT JEAN

1. - Sorj

– Bobby Sands?

Un éclair lumineux traversa les yeux de Sorj.

– L'Irlande du Nord bat dans mon cœur depuis des années. Je connais la famille de Bobby… C'est aussi la mienne.

Dans le léger sourire qu'arborait Sorj, se dégageait mille souvenirs, mille odeurs, mille larmes aussi. Son amitié folle pour Denis Donaldson, ce traître si mystérieux, soldat officiel de l'IRA, qui, pendant plus de vingt ans, lui avait donné sa confiance tout en se livrant aux services secrets anglais.

La Guinness irlandaise avait toujours eu cette texture lourde et terreuse, ce goût amer qui vous tient aux aguets. Pourtant, ce Donaldson avait trahi toute sa communauté. Tous ces frères de sang, morts en martyr à vingt ans et qui n'avaient pas hésité une seule seconde à crever comme des loups faméliques pour leur Irlande.

Leurs pères avaient déjà pris leurs manches de pioches face à Cromwell dans la décennie sanglante (1641-1652) qui vit périr plus de 500 000 Irlandais. À chaque siècle ses violences et ses disettes, ses révoltes et ses sanglantes répressions. Comment oublier la terrible famine de 1845 qui déboucha sur l'érection des fameuses organisations secrètes, la *Fenian Brotherhood* et l'*Irish Republican Brotherhood*? Le peuple irlandais préconise à nouveau le recours à la violence et à la clandestinité pour lutter contre l'ogre anglais. L'Irlande, vieille île rurale et paysanne, s'est forgé un caractère de feu pendant les trois siècles de colonisation anglaise. La flamme celte face à la glaciale austérité des colons britanniques.

Cette passion virevoltait dans les yeux de Sorj. Sans en être, nous étions tous deux des Irlandais de cœur. L'Irlande et ses oxymores fascinants. L'Irlande et l'IRA. Son nationalisme émancipateur et son socialisme communautaire, son catholicisme populaire et sa révolution républicaine, son identité millénaire et son insurrection permanente Depuis la révolte de 1916 et la partition de l'île en 1921, l'Irlande demeurait insomniaque, comme possédée par son farouche désir d'unité. Elle ne retrouverait sa paisibilité qu'au prix du sang. 1916 venait d'accoucher de 2016.

2. - Le diable rouge

Jeudi 21 avril 2016.

Les tortures, les humiliations, les assassinats planent dans les rues de Belfast-Ouest. Les fantômes hantent l'âme des vivants. Les peintures murales, les visages souriants et déterminés des *Irish volunteers*[1], les cernes creusés des jeunes mères de famille...

Sur la Falls road, un pub recouvert de blasons d'équipes de football. Le *Red devil bar*. « *Welcome to the heart of the Gaetacht quarter.* » lit-on sur la devanture. J'y entre et pense à Sorj. Me voici dans le cœur battant de la révolte irlandaise. Sur les murs, des drapeaux indépendantistes breton, catalan, basque, le portrait du révolutionnaire James Connolly, identique à celui que Sorj a glissé dans son portefeuille, plus explicite qu'une carte d'identité.

– Une Guinness *please*...

---

1. Milice nationaliste irlandaise qui participa largement à l'insurrection de la « Pâques 1916 ».

La serveuse me tend l'onctueuse mousse, sans un mot. Elle me jette un regard dur et méfiant. Des beaux yeux de louve en cavale. Je prends la Guinness, pose trois livres irlandaises sur le comptoir et retourne m'asseoir. Je fantasme déjà sur la double vie de cette femme fatale. Avec sa chevelure raide de guerrière basque. De l'ETA à l'IRA, il n'y a que deux mille kilomètres ! me dis-je.

J'ose une question :

– Y a-t-il un groupe de musique irlandaise qui joue ce soir ?

– NO. me répond-elle sèchement.

À cet instant, trois hommes harnachés d'une guitare et d'un violon entrent dans le pub, saluent la patronne, et commencent à gratter *quelques notes en sanglot*[2].

---

2. Des *notes en sanglot* si bien décrites par Sorj CHALANDON dans *Mon Traître*, éd. Le Livre de Poche.

3. - Toujours debout

Mai 1980.

Depuis sa geôle de Long Kesh[3], Bobby Sands pensait à tous ses ancêtres fous qui n'avaient jamais frémi devant la mort. Pis ! Ils l'avaient humilié avec leur rire et leur légèreté de gosse réfractaire.

Pendant la Première Guerre mondiale, les troupes catholiques avaient brillé par leur bravoure. Les champs de bataille se souviennent encore du son strident de la cornemuse irlandaise. Tous ces guerriers gaéliques chargeant la mort avec des larmes de joie. Il y avait eu aussi ces bataillons sportifs qui partaient à l'assaut des Allemands avec un ballon de football entre les jambes. Dès que le ballon s'engouffrait avec eux dans une tranchée ennemie, victoire ! Les soldats hurlaient un tonitruant : « GOAL ! »

---

3. Terrible prison d'Irlande du Nord où furent incarcérés de nombreux résistants irlandais. Long Kesh avait la réputation d'être le camp le plus protégé et le mieux armé d'Europe de l'Ouest.

Mais donner sa vie pour la Couronne d'Angleterre est un divertissement qui agite l'aigreur. Surtout quand les *Brits*[4] crachent leur complexe de supériorité à la figure des Irlandais. Les soldats catholiques sont envoyés au casse-pipe par des officiers protestants et ce, avec la ferme interdiction d'arborer le drapeau vert traditionnel et les fanions brodés par les épouses et les mères. La révolte gronde ; les harangues du poète Pearse résonnent dans les chaumières irlandaises Le poète prend les armes, rêve d'une nouvelle Passion sanglante qui donnera la liberté à son peuple. Il n'est pas de ces gandins décadents, nihilistes pour la circonstance, gloseurs abscons, sans armure, sans virilité, sans parole. Non, Pearse est un homme des mots car il a pris le parti de la vie. Il est l'incarnation de la double mythologie républicaine qui réconcilie le Christ avec le *héros*. Il n'a pas peur de se confronter à la mort. Il est de tous les champs de bataille. Il ne fléchit pas face à la difficulté et au feu des canons. C'est un poète-soldat, toujours en première ligne. Sa plume soulève les instincts révolutionnaires de l'Irlande millénaire. Il est d'ailleurs choisi comme porte-parole de l'Insurrection :

« Ils pensent qu'ils ont tout prévu, qu'ils ont pourvu à toute éventualité : mais les fous ! les fous ! les fous ! Ils nous ont laissé nos morts *fenians*[5] et aussi longtemps que

---

4. Les Britanniques.
5. Appellation pour désigner les nationalistes irlandais qui ont fait le choix des armes. Les *Fenians* constituèrent en 1858 l'*Irish Republican Brotherhood*.

l'Irlande restera gardienne de ces tombes, l'Irlande dans les fers ne sera jamais en paix. »

Jamais en paix… Ces mots retentissent dans les blocs H de Long Kesh en 1980 comme ils animent les cœurs blessés des anciens combattants de l'IRA en 2016. Cent ans après, la même acidité dans la salive, la même tension dans les maxillaires, la même rage dans le regard. Une blessure irrémédiable.

4. - Le lundi de Pâques

La lutte de David contre Goliath est insensée. Comme cette fête de Pâques qui célèbre la Résurrection du Christ.

Le 24 avril 1916, quelque 1 100 *Irish Volunteers* de Dublin et de la *Citizen Army*[6] tentent de délivrer l'Irlande du joug anglais. Pendant sept jours, les républicains affrontent plus de 16 000 hommes de troupes britanniques. Aux mitrailleuses et à l'artillerie lustrée de Buckingham Palace répondent des fusils de contrebande, des révolvers de grand-père et des grenades artisanales. Les rebelles irlandais se défendent comme des diables et, même si la défaite s'impose, cette Pâques sanglante est un séisme intérieur. La fierté s'empare à nouveau de l'âme *fenian*. Tous s'unissent dans un même désir d'affranchissement et de libération nationale. Des intellectuels aux paysans, des ouvriers aux bourgeois, ce sera l'indépendance de l'Irlande ou la mort.

---

6. Milice d'autodéfense ouvrière irlandaise fondée en 1913 par James Connolly.

Le général britannique Sir John Maxwell fait accoucher l'île de seize martyrs. Seize noms qu'il exécute avec une placidité toute anglaise. James Connolly, rongé par la gangrène, que l'on fusille assis sur une chaise, Joseph Plunkett qui se marie la veille de son exécution, Sean Mac Diarmada, le cerveau (infirme) de la révolte ou encore les poètes Pearse et Mac Donagh qui proclamèrent dans la fumée des canons, la République d'Irlande.

Ce sacrifice désespéré est le point de départ d'une révolution permanente. Les prêtres de campagne rejoignent le seul parti indépendantiste qui vaille, le Sinn Féin (*Nous-mêmes* en gaélique) fondé en 1903 par Arthur Griffith. Ils commémorent la mémoire des martyrs. Le Dieu des catholiques déclassés s'accorde avec le feu des armes. Oui à l'amour, oui à la liberté ! De cette glorieuse défaite, *une terrible beauté est née…* (Yeats)

5. - Un peu plus à l'Ouest

Jeudi 21 avril 2016.

Sur la Donegall road, des pancartes à l'effigie de gros hommes politiques unionistes[7] claquent au vent. Des visages rosés à l'embonpoint certain draguent un public déjà conquis. L'Angleterre suinte à chaque maison. Des élections législatives se tiennent en Ulster[8] dans quelques jours. Le quartier Est de Belfast regorge de protestants *bien dans leur peau*, heureux de vivre dans une métropole mondialisée, ouverte sur le monde. Les touristes dégueulent des pubs, veulent vous enlacer avec leur ivrognerie poisseuse. C'est le bonheur des âmes vulgaires, bruyantes, qui ricanent pour mieux faire entendre leur vide intérieur. Pour rien au monde, ils ne remonteraient la rue de Broadway. Car en face, c'est le silence de mort. De l'autre côté du pont, l'Histoire se déleste du gros nez rouge *brits.*

---

7. Partisans du maintien de l'union de l'Irlande du Nord avec le Royaume-Uni.
8. L'Ulster est l'une des quatre provinces historiques de l'Irlande.

Plus de vociférations exubérantes mais des visages en peine, des pupilles revanchardes, des cheveux révoltés, des ivresses solitaires, des drapeaux irlandais tamponnés d'un fier *Irish Republic*. Cette absence d'affabilité superficielle fait fuir les pandas boulimiques de selfies. L'étranger à banane est toujours suspect. Belfast-Ouest bout de tragédie. Tous ces morts invisibles à chaque coin de rue repoussent comme des épouvantails les corbeaux modérés. Alors face au silence, il faut être taiseux. Tuer l'Occidental optimiste qui sommeille dans son double menton.

À deux pas du *Red devil bar*, un pub entrouvert aux volets fermés. Un pilier de comptoir à la bouille sympathique m'accoste. Sans doute l'excès de Guinness. Je lui pose une question vague sur l'IRA et la lutte actuelle. Dans quelques jours, les diables verts célébreront le centenaire de la Pâques 1916.

– Il y a bien la Continuity IRA bredouille Sean. Bot' (il prononce *but : bot*te et roule les « R » à l'irlandaise) aujourd'hui la lutte est institutionnelle C'est fini le temps des bombes.

– Vous regrettez la lutte armée ?

Il me fixe avec un léger sourire d'enfant.

– Non, ça fait du bien aux oreilles le silence… Bot'…

Sean a griffonné sur un papier quelques vers en gaélique. L'écriture est hésitante mais bouffie d'orgueil. De l'autre côté du comptoir, quelques-uns de ses camarades lui lancent un regard réprobateur. Sean parle trop. Il range discrètement sa poésie gaélique et me tend la main. Une poignée franche. Pas de ces poignées moites et visqueuses des hommes de salon.

– Dimanche se tiendra ici un concert avec des groupes de musique républicains… Venez!

Il quitte le pub et salue du chef ses frères de sang.

6. - Un antichrist nommé Paisley

Bobby Sands avait entamé sa grève de la faim le 1ᵉʳ mars 1981, soixante ans après Terence MacSwinney, le maire de Cork qui se laissa mourir pour protester contre son internement. Bobby, lui aussi, était déterminé à *aller jusqu'au bout*. La Dame de fer ne l'écoutait pas et se fichait pas mal du sort des combattants de l'IRA. « Tous des terroristes ! » ânonnait-elle. Cette charogne au regard froid et pincé était l'enfant spirituel du Révérend Ian Paisley. Paisley ! Paisley ! Sands riait de rage. Sa tête tournait comme un manège infernal. Son estomac brûlait. Ian Paisley ! Cet antichrist protestant qui avait réussi à lever des centaines de loyalistes[9] pour perpétrer des nettoyages ethniques dans les ghettos catholiques !

« Tous ces chiens de papistes aux ordres du Vatican ! Remettez-les à leur place ! Dans les bas-fonds, dans les

---

9. Les loyalistes soutiennent avec virulence l'union de l'Irlande du Nord avec le Royaume-Uni.

égouts fétides d'où ils pullulent ! Ces adorateurs de Satan ! Truies de Babylone ! »

Paisley et ses harangues punitives... Paisley qui assommait à coups de Bible ses confrères méthodistes trop portés sur l'œcuménisme ! Le Christ pleure au fond de sa cellule.

Le grand inquisiteur Paisley réussit à convertir les orangistes[10] à son venin. C'est lui qui agita dans les cœurs irlandais du *Bogside* cette passion ignoble et tenace qu'on appelle *ressentiment*. Lui et ses sbires de *l'Ulster Volunteer Force*, groupe paramilitaire protestant adepte de la violence arbitraire.

Bobby pensait à ses parties de football avec les jeunes orangistes. Ses souvenirs se mélangeaient aux nausées et aux vomissements. Il n'avait jamais voulu de guerre religieuse. C'étaient les *Brits* les vrais coupables. L'impérialisme anglais. *Go home ! Go home...* Bobby se sentait tantôt triste tantôt euphorique. Sa respiration ressemblait à celle d'un chat mourant. Mais il ne reculerait pas.

« Un jour la victoire sera nôtre et alors plus jamais d'homme ou de femme irlandais ne croupira dans un enfer anglais... »

Mais revenons à Ian Paisley, à ses prêches ignobles et à ses insidieuses conséquences. Quand il était gosse, Bobby

---

10. Membres de l'ordre d'Orange fondé en Ulster en 1795 pour défendre les intérêts protestants de l'Irlande.

s'était fait progressivement rejeter par ses anciens camarades de course. Lui qui s'entraînait dans un club mixte avec des protestants orangistes ! Ian Paisley les avait tous contaminés.

Bobby essayait de se concentrer sur des pensées heureuses. Le souvenir de ces parties de football mémorables avec une boîte de conserve ; à ces quelques vieillards qui les saluaient, amusés, lui et ses jeunes camarades, tout en allant au pub pour engager les premiers paris de la journée.

Bobby se rappelait cette enfance frugale, plutôt heureuse ; le vieux chien de Farmer Thompson, la nature irlandaise avec ses jacinthes, ses jonquilles − d'un jaune divin ! −, toutes ces fleurs, véritables *déesses, reines, anges de gloire !* Il y avait aussi les ruisseaux, le vent et l'odeur de la sciure des forêts, les paysages vallonnés ; le frêne qui avait accompagné son imaginaire de gosse, les soupes chaudes, épaisses et brûlantes qu'il buvait goulûment à la campagne. Des plaisirs simples, à jamais enfouis. Mais aujourd'hui, la fleur la plus courageuse, la plus mélancolique, c'était la femme irlandaise emprisonnée…

Quand Bobby avait suivi son apprentissage en carrosserie en 1969, les cascades d'humiliation avaient affermi son désir d'exil. Rejoindre les siens à Twinbrook, dans les quartiers nationalistes de Belfast-Ouest. En 1972, il prit les armes et s'engagea à 18 ans dans les rangs de l'Irish Republican Army. Les chômeurs catholiques de Falls road réunifieraient l'île par la force du fusil ! Flammes vives de la jeunesse !

Sous sa couverture puante, Sands revoit les visages de ses frères d'armes. Gerry Adams, barman d'une vingtaine d'années, suspecté d'être le chef de file de l'IRA provisoire dans le quartier de Ballymurphy à Belfast... Martin McGuinness, même âge, chef du commandement de l'IRA provisoire à Derry... Tous ont 20 ans. Tous sont de jeunes têtes brûlées, héritiers farouches des martyrs de 1916 ! Tous accomplissaient leur destin de patriotes irlandais. « C'est dans nos veines que naissent nos pensées. » leur susurre Curzio Malaparte depuis sa maison rouge de Capri.

Il y avait aussi son vieux copain, Denis Donaldson... Lui, venait de quitter les blocs H de Long Kesh. Comme par miracle.

7. - « Pater »

Vendredi 22 avril 2016.

Après un breakfast orangiste, je regagne Belfast-Ouest pour ne plus la quitter. J'ai rendez-vous à 11 heures avec un certain « Pater », Irlandais mélancolique de 65 ans, qui propose aux cœurs aventureux une plongée de quelques heures dans la Belfast meurtrie. Le soleil est étincelant. J'arrive au 10 Beechmount Avenue, siège discret du *Coiste*, le comité d'anciens prisonniers républicains. Pater me demande de le suivre. Nous descendons la Falls road vers l'*Irish Republican History Museum*. Je lui parle timidement des prochaines élections législatives. Je tends l'oreille pour absorber le plus de mots possible.

– Aujourd'hui, le Sinn Féin reste le plus gros parti derrière les unionistes du DUP.

Le DUP ! Parti du défunt Révérend Paisley !

DUP ou Sinn Féin, l'Ulster reste profondément fracturée. Un mur de Berlin imperceptible qui décapite Belfast en deux.

Au rythme des fresques militantes et des peintures commémoratives, Pater évoque les *Troubles*, 1969, le *Bloody Sunday*.

– Le 28 décembre 1969, l'IRA provisoire fait sécession avec l'IRA officielle. Les *Provisionals* sont déterminés à reprendre la lutte armée. Action directe! Succèdent aux parades non-violentes pour les droits civiques des opérations paramilitaires pour déstabiliser le régime unioniste. Les *Brits* seront harcelés jusqu'à leur départ définitif... C'est en 1971 que l'IRA reprend du poil de la bête. Aucun politique ne daigna défendre les quartiers catholiques contre les expéditions punitives protestantes. Alors les ghettos catholiques ont soutenu le retour de l'IRA. Question de survie.

On reprend la marche sur la Falls road.

Bobby Sands est de cette génération qui s'engagea suite au *Bloody Sunday*. Terrible dimanche de janvier 1972 où quatorze manifestants furent exécutés dans le quartier du *Bogside* à Derry par des soldats du Parachute Regiment...

Pater a les larmes qui montent aux yeux. Nous arrivons devant l'immense fresque souriante de Bobby Sands, « *poet, gaëlgoir, revolutionary, IRA volunteer* ». Impossible pour les nationalistes irlandais de dormir la conscience tranquille. Chaque brique de chaque maison ramène au passé, aux souffrances inépuisables ; chaque slogan, chaque visage dessiné suintent de passions violentes. Le manque, la tristesse, la rage, la vengeance. Des drapeaux irlandais flottent du haut de tous les réverbères, au fronton de tous ces pavillons qui bouillonnent de souvenirs déchirants. Au fil de notre promenade, Pater salue les taxis noirs, les chauffeurs de bus, les mères de famille. Tout le monde le connaît. Cette communauté de sang est indivisible, fraternelle et complice.

– Le 3 mai 1979. Date couperet pour l'Irlande du Nord. Margareth Thatcher arrive au 10 Downing Street…

Pater écarquille les yeux puis bredouille.

– Sa voix glaçante, ses yeux de monstre froid…

Il reprend avec gravité.

– Tout s'est enchaîné… L'assassinat de Lord Mountbatten et de dix-neuf soldats britanniques par l'IRA. Les unionistes qui ripostent en torturant au hasard des femmes, des adolescents catholiques, sans défense… Thatcher intensifie la politique de criminalisation. Déjà, depuis 1976, les soldats de l'IRA ne sont plus des *prisonniers politiques* mais des *criminels de droit communs* ! Bobby avait lancé sa *grève des couvertures,* refusant de porter l'habit du prisonnier. Puis, sa grève de l'hygiène ! Ils étaient 300 prisonniers récalcitrants à tartiner de merde les murs de leur cellule. Rien n'y a fait. Les Anglais ont laissé crever nos frères dans leurs excréments, enfouis sous leurs barbes de pope. Thatcher et ses matons ne nous ont jamais considérés comme des hommes…

Après plusieurs heures de cavalcade, nous pénétrons avec Pater dans le cimetière de Miltown. Je me recueille silencieusement devant la tombe de Bobby Sands et de dizaines de soldats républicains assassinés, tués, torturés par les pantins sans âme de Dame Thatcher.

Le cimetière est fleuri de croix celtiques, de gerbes verte-blanche-orange. Pater me rappelle le triste épisode de mars 1988 où Michael Stone (loyaliste aux allures de Mac Gyver) attaqua à la grenade une cérémonie funèbre qui réunissait quelques milliers d'Irlandais. De la mort ajoutée à l'affliction. Aujourd'hui, le cimetière de Miltown semble si calme, apaisé par un soleil trompeur. Et pourtant, les caveaux tremblent. Terre rouge, terre de feu…

– Le pardon est-il possible Pater ?

– Le pardon est une vertu catholique. Je ne suis pas catholique. En politique, le pardon n'existe pas.

– Et pour Denis Donaldson ?

Pater retient ses larmes. Les anciens disciples de l'IRA - Bik, Martin, Gerry - n'expliquent pas le baiser de ce pauvre Judas irlandais.

– Il y a des moments dans la vie où l'on cède par fragilité… Des problèmes financiers, familiaux… Quelque chose qu'on appelle la vulnérabilité.

8. - « Bik »

Vendredi 22 avril 2016.

La commémoration des cent ans de la Pâques 1916 s'approche à grands pas. À 15 heures, je pars au *Felons Club* boire une Guinness avec Pater. Ici, dans ce petit troquet de Belfast-Ouest, se réunissent de jeunes républicains. Tous entourent « Bik », un homme d'une soixantaine d'années. « Bik » est souriant, affable, exemplaire.

– Un Français ! s'exclame-t-il. Vous connaissez Sorj ? C'est un ami !

« Bik », de son vrai patronyme Brendan McFarlane, est un soldat historique de l'IRA provisoire. Sous ses airs de grand-père retraité, se cache un ancien prisonnier en cavale. Il fut condamné en 1976 à la prison à vie. Bik a été incarcéré à Long Kesh avec Bobby Sands, même que Bobby le désigna comme son successeur en tant qu'officier commandant des prisonniers avant de mourir en mai 1981.

En 1983, il orchestra une évasion spectaculaire où une quarantaine de détenus républicains réussirent à s'échapper des *H-blocks*! Et pourtant, sur son visage, une apparente sérénité. Alors que lui aussi a connu les cellules de Long Kesh pleines de merde, avec les humiliations et les tortures quotidiennes. Et il s'en est remis... Diable d'Irlandais!

Brendan me regarde et se plonge soudainement dans un océan de souvenirs.

– Nous avions affaire à trois tortionnaires sadiques. Ils étaient cruels, " dans le genre formés à Auschwitz et premiers de la classe[11] ". Ils nous haïssaient, nous, nos familles, tout le peuple d'Irlande. Dès que l'on montrait un signe de faiblesse, ils jouissaient, prenaient un plaisir monstre à humilier davantage, à exterminer tout le reste de dignité qui croupissait au fin fond de notre âme.

– Comment avez-vous tenu?

– L'espoir. La liberté de revivre un jour.

– Et vos camarades des blocs H?

– Nous étions des bêtes sauvages, vivant au milieu d'ordures et d'excréments. Tous les jours, marasme, mélancolie, désespoir... Mais il y avait des moments de grâce. Les cours de gaélique avec un professeur de fortune qui gueulait des phrases irlandaises en les épelant. Alors nous, dans nos cellules crasseuses, nous notions sur les murs noirs de saletés ces nouveaux mots de vocabulaire!

---

11. Bobby Sands décrit de façon terrible les exactions des matons anglais dans ses *Écrits de prison*.

C'était une petite renaissance. Parler la langue de nos ancêtres et s'éloigner ainsi de la langue de nos bourreaux !

– Vous reprenez une Guinness, Bik ?

Brendan fit un signe de moulinet au barman du *Felons* et continua à parler comme possédé par son passé.

– Il y avait des visites au parloir. Une fois par mois, trente minutes. Nous revoyions nos sœurs, nos frères, nos pères et nos mères. Leurs regards effrayés, anxieux, quand ils nous voyaient apparaître couverts de bleus, plus morts que vivants. Nos mères tentaient de se rassurer " Tu es mieux là qu'au cimetière de Miltown ! " Mais en vérité, la tombe nous apparaissait souvent comme une échappatoire préférable à ce cauchemar. Long Kesh était notre enfer.

– Un enfer dont vous êtes sorti !

– Oui… et non.

Bik but une généreuse gorgée de Guinness.

– Tu sais, quand on bouffe pendant des années du pain rassis, du thé froid, des asticots et de la viande avariée ! Quand chaque centimètre de ton corps est mutilé avec un sadisme tellement inouï que même le diable ne s'y corromprait pas… Quand dans une baignoire d'eau glaciale, les matons te frottent le dos et les couilles avec des brosses à chiendent… Quand tu patauges l'hiver (frigorifique !) et l'été (étouffant !) dans des flaques d'urine et de merde… Quand des légions d'asticots prennent possession de ta barbe, de tes jambes, de ton torse et t'empêchent de dormir ! Quand tu passes trois jours au

Bloc-punition parce que tu as refusé de te soumettre…
Torture suprême ! Quand on te prive de nourriture, qu'on
te fouille intimement pour que tu te sentes encore plus
bête, quand on te balance du détergent à base d'ammo-
niaque pour « nettoyer » ta geôle ! Quand ton corps vomit,
grelotte, insomniaque, rêvant de caresser l'herbe verte…
Quand tu te lèves pour te remettre à une marche sans fin…
Cent fois cent pas multipliés par mille ! Quand on biffe le
courrier de ton amoureuse et de ta mère… Quand tu laisses
mourir de faim tes frères d'armes qui ne sont autres que
tes amis…

Bik s'arrêta net. Les jeunes gars du *Felons Club* l'écou-
taient, les yeux rougis.

– Quand tu sors de Long Kesh, ton cœur est rempli de
haine et ne désire qu'une seule chose : la vengeance.

Brendan McFarlane passa plus de quinze ans de sa vie
dans les blocs H. De 1976 à 1983. De 1986 à 1997.
Et pourtant, c'est lui qui m'apprit à sourire pour de vrai.

9. - « Bik » II

Le soir du *22 avril 2016*, Bik m'invita au *Rock Bar*. Un pub stigmatisé de drapeaux républicains. « Très viril, très politique… » m'avait prévenu la charmante propriétaire rousse du *Bed and Breakfast* du 45 Andersonstown Road… L'antre du diable vert à en croire les gouttes de transpiration et le mutisme du *cab* protestant qui m'y déposa à 20 heures.

Devant le *Rock Bar*, un groupe de jeunes Irlandais me regardent avec circonspection. Toujours cette méfiance à fleur de peau. Je pénètre dans le pub. Méfiance encore. Soudain, apparaît Bik McFarlane, plus souriant que jamais.

– Mon Français ! Il est venu !

Il m'enlace, vêtu d'un superbe T-shirt « Free Palestine ». Les clients du *Rock Bar* observent l'accolade. Immédiatement, la bienveillance se substitue à la méfiance. Bik - qui fut un temps séminariste avant de prendre les armes - m'adoube au sein du clan républicain. La communauté catholique nord-irlandaise m'ouvrait enfin son cœur et ses bonnes adresses ! Une Guinness. Deux Guinness. Trois Guinness… Je n'ai plus faim. Quatre Guinness. Cinq Guinness. Six Guinness. J'ai encore soif !

La nouvelle génération républicaine est bardée de tatouages clair-obscur. Croix celtiques et slogans révolutionnaires, Cœur sacré de Jésus et visages du Che Guevara… Je suis bercé par ces mythologies contradictoires… Il ne manquait plus que la magnifique voix éraillée de Bik pour achever cette plongée mythique dans l'univers nord-irlandais.

– Mes amis… Dans quelques heures, nous rendrons hommage à l'héroïsme de nos ancêtres. À Pearse, à James Connolly… N'oubliez jamais leur sacrifice. Soyons dignes de leur mort! Il y a trente-cinq ans, Bobby Sands et neuf autres camarades mouraient après une grève de la faim de deux mois ! C'était en 1981 ! La pire année de mon existence.

La rage exhalait des bocks de Guinness.

– N'oubliez pas que ces *hunger-strikers* sont morts pour la liberté de notre Irlande! Cette chanson, *Song for Marcella,* leur est dédiée !

Bik regarde sa guitare quelques instants. De sa gorge, jaillit une voix aux sonorités fragiles d'un prisonnier de Long Kesh :

> *« It doesn't seem quite so long ago*
> *The last time that i saw you*
> *But ain't it funny how the memories grow*
> *Seems they always fold around you…*
>
> *They tried to break you in a living hell*
> *But they couldn't find a way*
> *So they killed you in a H-Block cell*
> *And hoped that all would turn away*

They thought that you spirit couldn't'rise again
But you dared to prove them wrong
And in death you tore away the chains
Let the world hear Freedom's Song

But the heartache and pain linger on
They're still here though it's so long since you've gone
But we're stronger now you showed us how
Freedoms fight can be won »

Les voix enthousiastes et déchirantes du *Rock Bar* reprirent les paroles comme une promesse pour l'avenir. Mon cher Tintin aurait pu dire, à l'instar des rythmes gitans dans *Les Bijoux de la Castafiore* : « Quelle nostalgie dans cette musique… »

Bik McFarlane m'interrompit dans mes rêveries et me tendit une nouvelle Guinness.

– Tu vois, la puissance de quelques notes de musique… C'est ce qui nous a aidés à ne pas crever, à dissoudre pour quelques minutes la tension infernale des *H-Blocks*. Une ligne de fuite… Ces voix tristes et profondes de jeunes gars de vingt ans consolidaient fragilement notre détermination. Écoute *Ashdown Road* ou *The wind that shakes the Barley*. Ferme les yeux et tu comprendras la pureté de notre combat : *Tiocfaidh ar là* !

– *Notre jour viendra* ! » cria avec allégresse la jeune relève.

Bik les regarda comme un père puis me fixa une dernière fois avant de disparaître.

– Tu te souviens de cette belle phrase de Bobby… *Notre vengeance sera le rire de nos enfants…*

10. - L'Agonie de Bobby Sands

3 mars 1981.

J'ai perdu un kilo en seulement une journée.
63 kg à la pesée.
Que le Seigneur ait pitié de mon âme !
Je crois faire mon devoir. Les gars disent le rosaire deux fois par jour.
Avec nous, la Vierge des affligés !

4 mars.

Nouvelle entrevue avec le Père Murphy. Nous avons causé du couple Thatcher-Reagan. De leur cœur aride. Murphy retenait ses larmes. Il sait que j'irai *jusqu'au bout.*

5 mars.

Je dis mes prières (lèche-bottes de la dernière heure dirait certains) mais je crois en Dieu ! Je rêve de pain complet tartiné de beurre, de fromage hollandais, de fontaine de miel mais je me dis que j'aurai un grand festin là-haut (si je le mérite).

62 kg aujourd'hui.

6 mars.

J'ai raison. Nous avons raison. L'Irlande a raison. Notre combat est un *devoir*. Je ne regrette rien. J'ai faim mais je tiens le coup. Ce matin, spasmes gastriques douloureux. Je pense à Thomas Clarke exécuté après l'Insurrection de 1916 : « Une cellule si solitaire, une lutte si solitaire. »

7 mars.

61 kg. Mes réserves de sucre fondent. Bientôt l'impérieuse faim s'attaquera aux lipides. J'aimerais revoir l'air libre, les arbres, une dernière fois C'est dur. Plus jamais je ne toucherai la rosée des prairies, plus jamais je ne me baignerai en mer d'Irlande… Je tire ma force des femmes irlandaises emprisonnées et martyrisées. Anna Derlin, Jennifer… Elles sont belles, fières, redoutables !

8 mars.

J'ai communié à la messe. J'entendais des piaillements d'oiseaux, leur chant si apaisant. J'aurais pu être ornithologue !

60,8 kg.

9 mars.

J'ai aujourd'hui 27 ans. Conversation avec le P. Murphy sur la *mort volontaire*. Ai reçu une lettre de soutien d'un père avec quelques images de Notre-Dame. Je ferme les yeux. M'apparaissent James Connolly, Liam Mellowes. « Je mourrai peut-être, mais la République de 1916 ne mourra jamais ! »

10 mars.

59,3 kg. Je n'ai plus faim. Je me dissous petit à petit. Ah, mes chers *Fenians*…

Courage Bobby !

11 mars.

Cartes d'anniversaires, bouquet de messes. On prie beaucoup pour moi. *Être à la hauteur*. Apprendre à mourir la tête haute.

12 mars.

Je suis épuisé. Je feuilletais cet après-midi quelques revues religieuses. Salopard de Daly. L'évêque dans toute sa lâcheté ; corps d'eunuque ! Il nous méprise et nous condamne. Il ânonne les mêmes conneries que le cardinal Cullen à l'égard des *Fenians* un siècle plus tôt. Qu'il nous excommunie !

Pensée revigorante pour Franck Stagg, Michel Gaughan et MacSwiney. Ce sont eux les saints. Pas le ventripotent Daly.

13 mars.

Mésanges et alouettes, demeurez libres !

14 mars.

58,25 kg. La comédie humaine. Les bourreaux et les persécutés. Tout se complique quand les réprouvés sont fiers ! Un jour, nous vaincrons.

15 mars.

Messe du Père Toner. Le Christ me voit-il ?

16 mars.

Visite successive de Maman, Papa, Marcella et du Père Murphy. Je bois beaucoup d'eau. J'ai froid. Mon corps a froid.

17 mars.

Saint Patrick, messe.
57,7 kg.
« C'est l'esprit qui est le plus important. »

21 mars.

Découragé. Je reste allongé sur mon lit mortuaire. 55,5 kg. Je ressemble à une bête aux abois. J'ai envie de gémir en continu.

28 mars.

Mon cœur bat lentement. J'apprends à l'écouter. Beaucoup de mal à me lever. Vertige, pleurs, vertige.
Je vais crever…
Suis-je fou ?

1er avril.

Pourquoi l'injustice, pourquoi la mort des braves ? Je n'abandonnerai pas ! Maman ! Je suis fatigué.

Mourir !

9 avril.

On m'apprend que je suis élu député du Fermanagh et du sud Tyrone. Plus de 30 000 voix ! Espoir ? Ironie ? Thatcher ne nous accordera jamais le statut de *prisonniers politiques*. Tant pis. Elle fera de nous des héros. Je pense à vous mes frères de sang qui me suivez dans cette grève définitive : Francis Hughes, 25 ans ; Raymond McCreesh, 24 ans ; Patsy O'Hara, 23 ans.

Mort et victoire !

10 avril.

Nous irons jusqu'au bout, enflures ! Jésus-Christ ! Je craque, je perds les pédales ! J'ai des crampes abdominales épouvantables ! Ma tête explose ! Je ne sais même plus si je dors ! Mes yeux deviennent aveugles ! Christ, qu'on en finisse !

13 avril.

Écrire quelques lignes m'épuise. Mes derniers mots…

Je pèse moins de 50 kg. Ma peau se colle à mes os, mes cotes transpercent mes flancs ; tout a brûlé. Comme un déporté. Mais c'est ce que je suis en vérité. *Un déporté*, assassiné par la Couronne d'Angleterre. Les gars ne lâchent rien. Le Monde va voir de quoi nous sommes capables.

Plus de nourriture, bientôt plus d'eau. Tout est fade, horrible. Je ne bouge plus, des escarres partout, je suis apathique à faire peur. Mon apparence est terrifiante. Je ne veux plus que mon petit Gérard vienne me voir. Pauvre gosse. Je pleure. Vous pleurez. Mais ce sacrifice ne sera pas vain. Je ne sais pas où je vais. Liberté ! Liberté ! Liberté !

Mon Irlande, je te fais don de ma vie.

Je vomis toutes mes tripes, encore.

Dans quelques jours, le *grand passage*.

Tiocfaidh ar là. Notre jour viendra !

Seigneur, je dépose mon âme entre tes mains.

Aie pitié de moi.

Bobby Sands, soldat républicain irlandais

Bobby Sands mourut le 5 mai 1981, à l'âge de 27 ans.

11. - Free Derry

Un taxi noir me dépose dans le quartier catholique du *Bogside*. Le chauffeur m'évoque naturellement les *Troubles*, le *Bloody Sunday*… Comme si ce 30 janvier 1972 était la veille de ce grisâtre *23 avril 2016*.

– J'avais quatorze ans. Vous n'imaginez pas le massacre… Les Paras anglais nous tiraient dessus comme des chiens. Une jeune fille a été écrasée sous mes yeux par un blindé…

Derry est une ville froide, morte. Le *Bogside* me fait penser à un cimetière sans tombes. La mémoire douloureuse est omniprésente. L'odeur des maisons catholiques en feu est encore fraîche. Dans les rues vides, on croit entendre en écho la voix tonitruante du Révérend Paisley. « Sale catholique, rentre chez toi ! » Au loin, les pavillons unionistes dominent la ville avec vanité. Des fenêtres et des cheminées fumantes, le mépris à l'égard de ces pauvres catholiques déclassés du *Bogside* montent au ciel, plein d'orgueil. Ma mâchoire se serre. J'imagine les marches orangistes avec tambours et fifres venir provoquer les catholiques des « bas-fonds » et ce, avec la complicité criarde de la RUC (police royale de l'Ulster) et des *Brits*. Ces mêmes protestants, repus de leur cynisme charitable, balançant à la figure des miséreux et chômeurs du *Bogside* quelques pièces de monnaie pour mieux les humilier... À ceux qui renvoient dos à dos la communauté catholique et protestante, *seules* les maisons catholiques ont brûlé entre 1969 et 1972... Et puis, l'Histoire n'est pas amnésique de ces forfaits innommables. Comment oublier les pogroms anti-catholiques d'août 1969 ?

À Derry, l'apartheid commençait dès l'école maternelle. Des écoles sans catholiques, les catholiques écartés systématiquement de l'administration, des emplois publics, de la vie économique, de l'université, du vote. Une dignité de pauvre rat survivant dans l'insalubrité la plus totale ; une réputation de mammifère reproducteur gouroutisé par le Pape... Que d'humiliations pour ces parias du XXᵉ siècle, abandonnés par tous ! Y compris par le gouvernement de l'Irlande libre !...

Besoin d'une Guinness onctueuse et de gaîté. Derry me fiche le cafard. Je file au *Tracy's Bar* sur la Waterloo street. Sur place, une ambiance très « républicaine », pleine de chaleur. À la télévision, Manchester joue contre Everton. Un bonhomme - qui ressemble étrangement au comédien Booder - est excité comme une puce. Il parie et boit. Tout le monde picole au comptoir sauf quelques anciens qui préfèrent jouer au Solitaire sur des machines poussiéreuses. Vient la musique :

« Vous osez me traiter de terroriste vous qui ne pensez
qu'à vos fusils ?
Quand je pense à tous les crimes que vous avez
commis…
Vous avez pillé des nations entières
Vous qui avez divisé des terres
Vous qui avez terrorisé notre peuple
Vous qui avez gouverné d'une main d'acier…»

J'aime ces faciès bourrus d'Irlandais qui chantent avec
leur cœur. Dissymétrie totale avec les frêles étudiants
ERASMUS anglophiles qui ont, pour la plupart, choisi par
facilité, par bourgeoisisme ou par lâcheté, l'opulence
bienheureuse des quartiers branchouilles. Protestants bien
sûr. Avec la soupe infecte des musiques commerciales sans
âme.

En Irlande du Nord, les filles sont assez rares. Au *Tracy's
Bar*, une meute de cougars du *Bogside* viennent s'enca-
nailler le samedi soir. Le mari est mort ou assoupi. Alors
ces sexagénaires se descendent des pintes de Harp à la
chaîne, dragouillent les jeunes mâles, dansent entre
copines.

Une grand-mère blonde m'aguiche.

– Mon mari ne me baise plus ! hurle-t-elle dans mon
oreille.

À Belfast aussi j'avais senti une misère sexuelle à peine
voilée. Les rues vides à 21 heures comme si le couvre-feu

battait son plein. Les époux séquestrés à la maison par les femmes pour ne pas les laisser sombrer dans l'alcoolisme. Les ivresses entre mâles. La politique avant l'amour…

Ma blonde revient à la charge et me colle ses lèvres rouges à l'oreille.

— I don't need a *watch* because all the people watch me…

Je danse quelques passes avec ma (grand) mère en manque (d'amour). Elle tourne dans tous les sens, déchaînée. Le corps n'est pas que souffrances ! Ses copines à la retraite nous regardent avec amusement… Les voilà toutes reparties en adolescence ! Cette adolescence que le *Bloody Sunday* leur a volée !

Je troque ma Guinness contre une vodka. Je repense à Sorj. « La bière était mon eau, la vodka mon alcool. [12] »

À une heure du matin, je délaisse ce tourbillon réjouissant pour un taxi noir. Nous passons devant les pubs du *Bogside*, poumons indispensables de Derry. Puis, nous longeons les fresques innombrables qui rappellent l'inhumaine détention des prisonniers des H-Blocks… Derrière l'immense panneau « *You are now enterring free Derry* », une photo de Bobby Sands, cadavérique, quelques jours avant sa mort. Il venait d'être élu député à la Chambre des communes du Royaume-Uni. Je me souviens des

---

12. *Mon Traître*, Sorj CHALANDON.

53

paroles de sa mère après l'avoir visité en avril 1981. Bobby en était à son 41ᵉ jour de grève de la faim…

« Il donne sa vie pour de meilleures conditions de détention… C'est tout… Il est mourant… »

Silence.

– Vous êtes arrivé !

Mon taxi noir s'arrête net devant l'*Arkle House* au 2 Coshquin road, charmant *Bed and Breakfast* où je niche.

Demain, on fête l'Insurrection.

12. - Glorieuse Résurrection

Dimanche 24 avril 2016.

Les cornemuses s'époumonent, les tambours marquent la cadence. L'Ulster voit la vie en vert. Le souffle des *Fenians* embrase tous les quartiers de Belfast. Des hélicoptères survolent le défilé. Les grosses voitures blindées de la RUC filent vers la Falls road. Les policiers surarmés ont les traits tendus et les casques serrés. 1916 est effervescente. Une petite flammèche pourrait tout faire repartir. Deux hommes de cinquante ans, habillés à l'irlandaise, agitent leurs cannes. Le sang de la révolte semble intarissable. Mais pourtant, malgré cette nostalgie rebelle, les jeunes Irlandais ne sont pas prêts à reprendre les armes. Beaucoup aspirent à une vie tranquille, *avoir un travail*, sortir de la pauvreté. Le romantisme noir de la grande révolution fait rêver mais ne fait plus agir. Jim, un autonomiste de Hambourg, n'y croit plus. « Aujourd'hui, le temps est à la paix. L'ETA pose les armes, Castro câline Obama… C'est l'avènement du compromis. »

Il y a bien les milices républicaines du *Bogside* qui font office de police contre les dealers de drogue. Il y a bien les dissidences de l'IRA, la Continuity IRA et l'IRA Véritable, qui ont refusé de déposer les armes malgré l'*Accord du Vendredi saint* signé en 1998 par Tony Blair, Gerry Adams et les unionistes. Un Vendredi saint prophétique et annonciateur d'une nouvelle ère de paix en Ulster. Mais les nouvelles IRA ne bénéficient pas d'un réel soutien populaire. Elles sont marginales et leurs bombes ne satisfont personne.

Une jeune fille harangue la foule et rappelle les derniers mots de Thomas Clarke à sa femme, avant son exécution en mai 1916...

« Nous tous qui partons ce soir, sommes convaincus d'avoir sauvé l'âme de l'Irlande, d'avoir gagné la première victoire sur le chemin de la liberté. Et cette liberté n'est pas loin. Pour l'atteindre, l'Irlande devra traverser l'enfer, mais elle ne s'abaissera jamais. »

De jeunes garçons en béret, lunettes noires et gants blancs applaudissent ces paroles centenaires.

Des noms fusent à chaque intersection de la Falls road... Michael Collins, Eamon de Valera, Arthur Griffith... Héros de 1916 et de l'indépendance irlandaise ! Mais qui ne sont pas *allés jusqu'au bout*... Qui ont accepté - ou fini par accepté - la partition de 1921, abandonnant ainsi les six comtés de l'Ulster aux Britanniques. Malgré leur terrible isolement, les irréductibles Nord-Irlandais n'ont jamais fléchi le genou. Miséreux au cœur noble !

Je bois d'un trait une dernière Guinness. Je ne sais pas où l'amertume mène.

À un maton anglais qui interpellait Bobby Sands sur la folie de son combat, le jeune poète répondit : « Tout mène nulle part en attendant d'y arriver. » Car d'une manière certaine, la lutte c'est déjà la liberté.

En ce jour de glorieuse Résurrection, je pense au Christ et à Bobby. À leurs ultimes paroles.

« Je suis la rose torturée. Je suis l'alouette indomptable. Je suis l'esprit de liberté. » susurra le jeune Sands à sa mère éplorée. Bobby Sands et ses diables verts, tous uniment convaincus qu'un jour, *tout sera accompli*.

Basseterre, Lafrançaise.

PARTIE II

Un chemin de Damas

La vie limitée est angoissante. Seul l'homme tendu vers l'infini est intéressant. Je fuyais la vie limitée.

Nicolas BERDIAEFF,
Autobiographie spirituelle

1. - Lazare

Je me *dépouille du vieil homme* sur le tarmac de Tel-Aviv, déterminé à faire renaître en moi une foi renouvelée. Je foule pour la première fois la Terre sainte. La température est estivale pour un mois de novembre.

Deux siècles plus tôt, le vicomte Chateaubriand débarquait à Jafa avec une poignée de pèlerins. La ville n'était alors qu'un « méchant amas de maisons rassemblées en rond, et disposées en amphithéâtre sur la pente d'une côte élevée. »[1] Aujourd'hui, lorsque l'on survole en avion Tel-Aviv, nous fait face une cité massive, sans âme, d'une vulgarité crasse. Difficile d'imaginer que cette ville côtière fut la mythique Jafa, appelée autrefois Joppé, ce qui signifiait « belle et agréable ». Cette même Jafa où l'épouse de saint Louis donna naissance à la petite Blanche…

16 h 35 heure locale, soit 15 h 35 heure française.

Je suis assis au fond d'un bus climatisé qui me conduit au lac de Tibériade. La nuit tombe déjà, les lampadaires

---

1. *Itinéraire de Paris à Jérusalem*, CHATEAUBRIAND, éd. Gallimard, Folio.

des autoroutes s'allument. Je devrais passer devant Césarée. Je sens tout autour de moi une force factice. Les routes, les infrastructures à l'occidentale, les immeubles à perte de vue… Israël a décharné Jafa de son emprise mystique. L'Occident rationnel et modéré règne impérieusement.

Je pense à la grande émotion qu'éprouva Chateaubriand en apercevant depuis son bateau les premières images de Palestine. Il traversa pendant plus de quarante jours le *Mare nostrum*. De Paris à Milan. De Milan à Venise. De Venise à Trieste. Puis, le pèlerinage se poursuivit en bateau, sur « les frontières de l'antiquité grecque. » Olympie, Sparte, Corinthe. Chateaubriand eut le loisir d'écumer les ruines de Lacédémone et d'Athènes. « Je sentis que j'aurai voulu mourir avec Léonidas, et vivre avec Périclès. »[2] Une élévation progressive vers le Christ sans jamais renier sa filiation avec le monde gréco-romain. La lenteur du déplacement permet de préparer son cœur à l'Amour. L'attente, la patience, l'épreuve physique, puis la récompense : Jérusalem ! Aujourd'hui, en trois heures, deux avions *low-cost* font les trajets Paris-Zurich, Zurich-Tel-Aviv. Trois petites heures pour s'agacer de la bêtise des voyageurs qui multiplient les nuisances sonores comme s'ils se faisaient un malin plaisir d'empêcher toute vie intérieure. Il faut abattre le silence. Autant de petits

---

2. *Ibid.*

diables inoffensifs qui défigurent le visage du pèlerin. Il y eut saint Jérôme qui se retira à Bethléem en 385. Au XXIe siècle, l'Occident dégueule ses portées grasses de touristes impréparés. Du saint ermite à la sainte plèbe.

2. - Une partie de dés

Je longe les dunes de sable blanc. Une brise fraîche me chatouille le visage. Je reconnais les rivages de la Césarée maritime. D'abord comptoir phénicien avant de devenir cité romaine, puis ville chrétienne et croisée ! Elle est à l'image de la Terre sainte. Convoitée de tous jusqu'au viol et au martyr. Le Puissant méprise l'âme simple et fragile du Christ. Dioclétien d'abord qui persécuta les chrétiens jusqu'à installer sur le Saint-Sépulcre un temple dédié à Vénus (162 apr. J-C). Puis, c'est au tour de la mère de Constantin, Hélène, de filer à Jérusalem pour édifier de magnifiques églises dont le Saint-Sépulcre « qu'elle retrouve caché sous la fondation des édifices d'Adrien » [3]. Il y eut ensuite l'impératrice Eudoxie qui fit éclore à Jérusalem d'innombrables monastères. N'oublions pas Antonin de Plaisance qui, en 500, décrivit une Palestine couverte d'églises et de couvents.

---

3. *Itinéraire de Paris à Jérusalem*, CHATEAUBRIAND.

Nouvelle partie de *barbu* en 636 avec le calife Omar qui imposa jusqu'en 1100 la domination islamique en Terre sainte. Au XIIᵉ siècle, c'est un nouveau revirement. Godefroy de Bouillon et les armées croisées triomphent des Turcs seldjoukides et brandissent sur les murailles de Jérusalem l'étendard du Christ. La ville demeure entre les mains des princes français jusqu'à la reprise de la cité sainte par Saladin en 1187…

730 ans plus tard, Lord Arthur Balfour, ministre des affaires étrangères britanniques, lance, en novembre 1917, une nouvelle paire de dés à la figure du Moyen-Orient. L'Empire ottoman se disloque, la couronne d'Angleterre se déclare favorable à l'installation d'un « foyer national pour le peuple juif ». Les fondations de l'État d'Israël s'imposent. Le 14 mai 1948, les Hébreux ont enfin *leur* État. Le fantasme sioniste de Théodor Herzl se réalise. Après le règne de Rome et de Médine, le nouveau Goliath se pare de l'étoile bleue de David. La tunique du Christ se démantibule une fois de plus. « Ne la déchirons pas, désignons par le sort celui qui l'aura ! »[4] avaient conclu les soldats romains devant la dépouille de Jésus.

---

4. Évangile selon saint Jean, 19,23-24.

3. - Une brume d'été

Je suis seul, allongé sur les bords du lac de Tibériade.
Après quelques heures de route, le bus m'a déposé
à l'entrée de ma résidence, un ancien kibboutz[5] reconverti
en auberge hospitalière.

Tibériade...

La nuit s'empare du lac. Un mystérieux silence suspend
le temps. Quelques grillons palestiniens chantent leur
bonheur d'être ici ; ils crissent allégrement, conscients
d'être les propriétaires de ces rivages mythiques. Les
palmiers ploient calmement au gré du vent. Le ciel est
bleuté, illuminé par la pleine lune et l'étoile du berger.
Ambiance orientale, spirituelle et sauvage qui me projette
2 000 ans en arrière. Deux millénaires où, à ma place,
quelques apôtres contemplèrent les premiers miracles de

---

5. « Exploitation agricole collective dans l'État d'Israël ». (Les premiers kibboutz,
créés par les sionistes socialistes à partir de 1909, avaient un caractère militaire
et agricole. Après 1948, les kibboutz constituèrent un secteur de pointe de
l'agriculture israélienne. Ils ne constituent plus qu'un secteur très minoritaire.)
Larousse.

Jésus. Le Christ était *là*, à gambader sur l'eau, à quelques mètres seulement de la barque des pêcheurs Pierre, Jacques et Jean.

Ce soir, l'eau du lac semble dormir à poings fermés. Difficile d'imaginer les tornades et les tempêtes qui agitèrent ces flots face à un Jésus serein et opiniâtre. Des noms, des odeurs, une rive, un lac, une contemplation. L'Évangile de mon enfance prend chair, enfin. Je bredouille une prière vers le Ciel.

Au petit matin, Guila, ma jeune guide israélienne, me réveille. Nous traversons le lac de Tibériade sur un bateau-mouche de fortune. Le navire glisse sur l'eau. Les côtes sont dénudées. À quelques kilomètres, c'est *la pêche miraculeuse* mais aussi *la multiplication des pains*. Je pense à Cana, à ses cruches de vins rouges, aux *Noces* gargantuesques de Véronèse. *Le Christ c'est l'abondance de vie*, me dis-je.

Un drôle de brouillard reste suspendu sur les eaux du lac.

– Qu'est-ce ? demandé-je à Guila, intrigué.

Elle rit et me répond avec sa gouaille sépharade :

– C'est la brume d'été !

Une brume qui masque à peine le Golan et la frontière syrienne. J'imagine par-delà ces plaines désertiques les convois funèbres de l'État islamique. Toutes ces armées et ces ethnies qui se chevauchent, dans cette même poudrière instable. Ce lac de Tibériade est l'épicentre du christianisme.

Derrière son apparente placidité, il est le carrefour que Dieu a choisi pour faire émerger Son Fils.

À peine arrivé, je gravis le Mont des Béatitudes. Le Père Athanase, sous sa bure grise, appelle les pèlerins à éteindre leur raison pour mieux s'imprégner de la géographie du Christ.

« *Mens* c'est le mental mais aussi le mensonge ! » me dit-il fort justement.

Je dois me *décentrer*.

Au déjeuner, une jeune et superbe femme nous fait le service. Guila l'interroge.

– D'où viens-tu ?

Sarah a fait son *alya*[6] avec toute sa famille il y a une dizaine d'années. Ils se sont exilés de Toulouse pour s'installer dans une colonie ultra-nationaliste du Golan. Je suis troublé par le communautarisme instinctif et farouche qui électrise cette serveuse franco-israélienne. Elle et sa famille ne regrettent en rien leur confortable vie en Occitanie. Toulouse n'a jamais battu dans leur cœur. Sarah est animée par une foi plus grande, une loyauté qui dépasse toute sécurité patrimoniale ou carrière professionnelle. Elle a fait le choix dangereux de s'installer dans une colonie précaire, illégale, où un missile quelconque peut tout anéantir en une poignée de secondes. Sarah a tout à perdre mais qu'importe ! Vivre au pied de ce Vésuve

---

6. Fait, pour un Juif, d'immigrer en Terre d'Israël.

oriental est une vocation ; une *oblation* pour la communauté. Sa démarche écrase d'un seul coup de talon le confort tranquille du consommateur impulsif occidental. *Ne plus courber l'échine* ; il faut être téméraire pour ne pas disparaître, ardent pour ne pas se diluer. Derrière sa crinière brune et ses yeux enchanteurs, la jeune serveuse dissimule une fierté sûre. Sa détermination m'envoûte.

4. - L'évangélique Philippulus

Un gourou africain crie au milieu des ruines de la maison de saint Pierre.

« Convertissez-vous ! La fin est proche ! »

Des chrétiens évangéliques l'écoutent, la frousse au corps. Je leur préfère la messe du Père Athanase qu'il célèbre au-dessus de la maison de saint Pierre. Les groupes de touristes internationaux se succèdent à l'office comme on va à la boucherie. Je pars contempler la synagogue de Capharnaüm où Jésus prêcha. Un amas de pierres croulantes, imbibées de paroles saintes. Il n'y a plus un mais dix pasteurs évangéliques qui agitent leurs bras catastrophistes. À chaque minute, un nouveau troupeau. Cette exubérance pathétique m'agace au suprême. Le paraître, la mise en scène de l'émotivité à l'américaine… Aucune pudeur. Cette multitude de touristes-pèlerins m'indispose définitivement. Les mots d'Huguenin surgissent en moi, en plein Capharnaüm :

« J'ai l'impression de marcher vers Dieu, mais, chose bizarre au regard de la religion, plus je marche vers Dieu, plus je m'éloigne de la plupart de mes semblables. »[7]

Moi aussi j'ai envie de faire tomber les têtes ! Vlan ! D'être seul avec Dieu, enfin délié de cette humanité que j'exècre ! Pourtant aimer Dieu, c'est aimer l'Homme : « Qui a vu son frère, a vu son Dieu », me chuchotent les Pères du désert. Ma relation au Christ est trop singulière, trop exclusive. Mais ma nature est ainsi faite. J'ai toujours fui les groupes charismatiques pour les monastères bénédictins. Il suffit de contempler le visage enfantin d'un moine qui suit la Règle de saint Benoît et de le distinguer d'avec la trogne vociférante d'un nouveau prophète Philippulus pour s'en convaincre. D'un côté, l'humilité du Christ, de l'autre, l'orgueil bruyant du grand inquisiteur.

7. *Journal*, Jean-René HUGUENIN, éd. du Seuil.

5. - Le pain de vie

22 h 40, heure galiléenne.

Je viens de regagner ma chambre. À chaque palier de l'auberge, une série de piaules à la chaîne font penser à un internat des années soixante. L'âme collectiviste de cet ancien kibboutz rôde encore. Par la fenêtre, j'observe discrètement une petite colonie de vacances qui fait un rassemblement quasi-militaire dans le jardin. L'instructeur (terme plus approprié en la circonstance que l'insignifiant « mono ») demande à ses jeunes recrues de la discipline. Il les exhorte en français à être de vaillants combattants pour Israël.

– Vous devez être capable de vous sacrifier pour votre Terre !

Les enfants, mi-sérieux, mi-blagueurs, opinent du chef.

S'ensuit une longue harangue nationaliste : « Danger ! Frontières ! Invasion ! Armes ! Fierté ! Devoir ! Sacrifice ! » Tout y passe. J'apprends qu'un certain nombre de familles juives françaises expédient leurs moutards en Israël pour les initier à l'amour de leur patrie charnelle. Les jeunes enfants sont conditionnés avec rigueur à la conception historique et politique du sionisme. Ce rassemblement paramilitaire choquerait plus d'une âme pacifiste mais ici, on ne plaisante pas avec la sauvegarde du peuple juif. C'est une obligation à laquelle on ne peut déroger. *Tu défendras ton peuple jusqu'à la mort.*

Soudain, raisonne jusqu'aux rives de Tibériade un tonitruant « Am Israël haï ! »[8]. Je me couche, amusé, contemplant la Croix du Christ, cette autre figure de la vitalité qui tire son autorité non de l'impériosité mondaine mais de la *fragilité*.

J'ai passé toute la journée à Nazareth sous un soleil de feu. Dans leur couvent, les sœurs de Nazareth gardent en secret le tombeau du Juste (alias Joseph). Qu'il était doux de vagabonder avec elles dans les galeries souterraines ! Ces vieilles nonnes sont à l'image de la ville. Intimes et pudiques. À Nazareth, les ruelles sont apaisées ; les souks se font rares. Jésus n'est pas encore le Christ. Sa présence est discrète. À la basilique de l'Annonciation, je me recueille devant la grotte où *tout a commencé*. Ce processus extra-ordinaire d'incarnation divine. Dieu qui, par amour pour sa *créature*, s'est fait Homme. Je prie pour ma conversion. Des suppliques surgissent silencieusement de mon esprit. Mon oraison est trop mentale. Mon cœur est trop timide, trop

---

8. « Israël vivra ! » en hébreu.

voilé. *Credo quia absurdum! Credo quia absurdum!* clamé-je avec Tertullien. Je crois parce que c'est absurde!

J'ai le désir de me confesser, de communier. Goûter au pain de vie. Déguster la foi pour troubler mon corps sceptique. J'ai la nostalgie de la folie en Christ!

Un rugissement.

« AM ISRAËL HAÏ! »

Encore ces nuisances martiales!

J'ai hâte d'entrer à Jérusalem, mes quatre Évangiles à la main, pour contempler le sépulcre où s'est embrasé le véritable *pain de vie*.

6. - Jéricho

« Cléopâtre ! Je te fais don du territoire de Jéricho. »
Est-ce que Marc-Antoine, lorsqu'il offrit amoureusement Jéricho à la reine d'Égypte, put penser une seule seconde que cette cité devînt une *ville palestinienne autonome* ?[9]

Dès que l'on entre en territoire palestinien, la salubrité israélienne s'évapore. Les rues sont sales, le mode de vie est anarchique, pauvre, à l'orientale. Les Palestiniens que je vois sont à l'image du Christ. Visages de la vulnérabilité. Israël, c'est la force, la puissance impériale terrestre avec son obsession coloniale. Pour nous, chrétiens, le royaume n'est pas de ce monde. « Les vrais chrétiens sont contre

---

9. Après la guerre des Six Jours (1967), les frontières de la Terre sainte ont été bouleversées. Israël colonise illégalement la Cisjordanie, Jérusalem-Est, la bande de Gaza et le plateau du Golan. En 1995, les accords d'Oslo II viennent préciser le statut juridique de ces territoires palestiniens occupés. 20 % des territoires dépendent désormais de l'Autorité palestinienne, 20 % sont administrés de manière mixte et 60 % des territoires colonisés demeurent sous domination israélienne (colonies, vallée du Jourdain, etc.).

l'Histoire », tranche Nabe dans son *Âge du Christ*[10]. Il n'a pas tort. Jésus est en sécession d'avec les princes de ce monde. Il vomit la tiédeur *donc* la ferveur technique et matérialiste de la civilisation coloniale, ce *Progrès à rebours.*[11]

Dire qu'il y a quelques millénaires, les Hébreux passaient le Jourdain ; « c'était à peu près là, en face de Jéricho, que la manne cessa de tomber, que les Hébreux goûtèrent les premiers fruits de la Terre-Promise. »[12] Chateaubriand ne pouvait imaginer que le peuple de la diaspora pût un jour agir comme le plus bas des empires. Créer, tout au long du fleuve, des colonies insignifiantes, des maisons velléitaires, sauvages, qui bénéficient depuis 1967 de la complicité de l'État d'Israël.

À Jéricho, je caresse le fameux arbre où se percha Zachée pour voir le Christ. Ce riche collecteur d'impôts qui descendit d'un sycomore pour recevoir Jésus et donner aux pauvres la moitié de ses biens. Le colon cisjordanien est le publicain d'hier. Appelé au retournement intérieur. « En effet, le Fils de l'Homme est venu chercher et sauver ce qui était perdu. »[13]

---

10. *L'Âge du Christ* de Marc-Edouard NABE, éd. Le Rocher.
11. « La Civilisation ? Un progrès à rebours ! » Expression tirée d'un ouvrage captivant, *Pour un nouvel anarchisme*, René SCHÉRER, éd. Cartouche.
12. *Itinéraire de Paris à Jérusalem*, CHATEAUBRIAND.
13. Évangile selon saint Luc, 19,10.

7. - La tentation érémitique

En 1806, Chateaubriand contemplait la Judée et ses étendues désertiques.

« Le désert paraît encore muet de terreur, et l'on dirait qu'il n'a osé rompre le silence depuis qu'il a entendu les voix de l'Éternel. »[14]

Deux siècles plus tard, je découvre ce même grand silence. L'incommensurable désert vallonné et apaisé où le Christ erra pendant quarante jours. Quelques vendeurs de breloques emmitouflés dans des turbans de Bédouins cavalent entre les dunes. Je reste muet, fasciné par cet *infini* aride. L'idée de me retrouver seul, ici, pendant quarante jours, m'effraie. Mais paradoxalement, j'ai le désir de m'enfouir à jamais dans quelque grotte érémitique. Faire jaillir en moi l'*homme nouveau*!

Le Christ du désert, je me l'imagine sous les traits du comédien Willem Dafoe[15]. Un Jésus affaibli, torturé par

---

14. *Itinéraire de Paris à Jérusalem*, CHATEAUBRIAND.
15. Willem Dafoe incarna Jésus dans *La Dernière Tentation du Christ*, magnifique adaptation cinématographique de Martin Scorsese du roman de Nikos Kazantzaki portant le même nom.

des voix insondables. Un Christ aux frontières de la folie schizophrénique mais qui résiste malgré tout à la Tentation. Jésus qui apprend, jour après jour, à être le Messie choisi par Dieu, Son Père. Lui, le Fils de l'Homme... Je m'imagine un Christ angoissé, dont les pieds brûlent et la gorge s'assèche. Un Christ tenté par le diable mais qu'Il rejette en pleurant.

Je m'arrête à proximité d'un monastère tenu par trois moines ermites. Le vent souffle doucement sur les collines de sable. L'étendue demeure terriblement statique. Mais, en contrebas, engoncé dans une vallée poudreuse, encastré dans une caverne invisible, apparaît le monastère Saint-Georges qui trône au milieu d'une oasis. Est-ce un mirage ? Pas un touriste ne s'y aventure. La retraite définitive ne fait pas encore partie des propositions de *voyages organisés* du groupe FRAM.

Charles de Foucauld a dû s'émouvoir de ce lieu où la césure avec le monde est totale. Peut-être est-ce ce même monastère Saint-Georges qui le convainquit de devenir ermite de Palestine en 1897 ! Je murmure sa prière d'abandon. « Mon Père, je m'abandonne à toi, Fais de moi ce qu'il te plaira. Quoi que tu fasses de moi, je te remercie. Je suis prêt à tout, j'accepte tout, Pourvu que ta volonté se fasse en moi, En toutes tes créatures, je ne désire rien d'autre, mon Dieu. Je remets mon âme entre tes mains... »

Un dernier regard pour ces trois moines ermites. Peut-être qu'un jour, je suivrais moi aussi l'exemple d'Ivan le Terrible en recevant, sur mon lit de mort, l'habit monastique.

8. - Une larme, un soupçon...

Des roseaux émergent du Jourdain. En face de moi, quelques militaires jordaniens veillent leurs frontières. Ces rives, qui furent « le théâtre des miracles de ma religion »[16], sont aujourd'hui la scène d'une ridicule pantomime coloniale. Il est loin le temps où Jean le baptiste s'exaltait de la venue du Messie en baptisant des hordes d'Israélites hérétiques... « Moi, je vous baptise avec de l'eau, pour vous amener à la repentance, mais vient celui plus fort que moi, et je ne suis pas digne de porter ses sandales. Lui vous baptisera dans l'Esprit saint et le feu. »[17]

Cette petite rivière étroite que j'imaginais immense, boueuse alors que je la fantasmais cristalline, accueille en son lit de gros protestants exaltés qui se prélassent comme des phoques, attifés de longs T-shirts blancs. Comme si le Christ les embrassait, les câlinait, les chatouillait... N'est-ce pas le risque du pèlerinage que de s'étendre en fétichisme

---

16. *Itinéraire de Paris à Jérusalem*, CHATEAUBRIAND.
17. Évangile selon saint Matthieu, 3,11.

spirituel ? Ils ont l'air tellement heureux ces bébés pandas, gesticulant dans leur flore naturelle. Les militaires jordaniens restent de marbre. Pour eux, ce bain de jouvence est une attraction touristique comme une autre. Je m'aventure sur les bords du fleuve et y récupère, comme le fit Chateaubriand, quelques centilitres d'eau saumâtre. À la différence du vicomte breton, je me refuse à la déguster. François-René fut plus téméraire... « Quoique j'en busse en grande quantité, elle (l'eau du fleuve) ne me fit aucun mal ; je crois qu'elle serait fort agréable si elle était purgée du sable qu'elle charrie. »[18] Pour une fois, je demeure placide à la tentation de la nouveauté, et ce, malgré la divinité de ce breuvage. N'en déplaise au capitaine Haddock, pour moi ce sera *ni larme, ni soupçon...*

18. *Itinéraire de Paris à Jérusalem*, CHATEAUBRIAND.

9. - Vision de paix

Pas de grandes palmes ni de ferveur mystique. Pourtant, je viens de franchir les murs de Jérusalem. Melchisédech, son fondateur, y somnole en paix. Avec Guila, nous arrivons à proximité du mur des Lamentations. Des bus se klaxonnent, énervés de l'embouteillage ; des touristes - encore eux ! - pleurnichent dans les treillis de soldats israéliens. Ils réclament un bout de papier. Pas même une feuille ! Juste un petit morceau de parchemin blanc pour y rédiger une insipide supplique. Allez, va pour le tract publicitaire, ça fera l'affaire...

– Ils sont ridicules à vouloir foutre leur superstition dans les interstices du mur... s'agace Guila. Les Juifs orthodoxes méprisent ces couillons. Toujours prompts à transformer un lieu pudique et spirituel en attraction de mauvais goût.

J'aime l'ardeur de Guila. Insensible à rien. Son extraordinaire capacité à admirer, à exécrer, à clamer sa vérité avec véhémence. Elle connaît la Terre sainte sur le bout de ses charmants doigts boudinés. Elle vit en Israël depuis sa naissance et sait les beautés et les travers de sa jeune patrie. Son caractère de mamma juive tantôt autoritaire tantôt affable l'expédie au-dessus d'une vulgaire défense inconditionnelle de sa communauté de sang.[19]

Nous observons tous les deux la foule qui se bouscule pour enfiler une kippa et aller déposer le fameux mot libératoire. Pendant ce temps, imperturbables, les Juifs religieux dodelinent de la tête, prient autistiquement Yahvé, en se fichant pas mal des grappes de touristes, ces envahisseurs éphémères.

Nous quittons les Lamentations et allons nous promener le long des remparts. Il fait bien plus frais qu'aux abords de Tibériade. Jérusalem - *Vision de Paix* - est surélevée. Je lis à Guila quelques lignes de l'*Itinéraire de Paris à Jérusalem* de Chateaubriand.

– Octobre 1806... Tu écoutes Guila ?

« Je restai les yeux fixés sur Jérusalem, mesurant la hauteur de ses murs, recevant à la fois tous les souvenirs de l'Histoire depuis Abraham jusqu'à Godefroy de Bouillon, pensant au monde entier changé par la mission du Fils de l'Homme, et cherchant vainement

---

19. En réalité, la communauté juive est particulièrement divisée en Israël, y compris entre les *haredim* (Juifs ultra-orthodoxes) et les ultra-nationalistes qui ne partagent pas la même ligne politique et religieuse. Mais de fait, ces deux parties de la communauté sont les plus actives, en pleine croissance, et les plus virulentes. Selon une étude *du Israël Democracy Institute*, en 2039, 20 % des Israéliens appartiendront à la communauté *haredim* contre 12 % aujourd'hui. À ce jour, un tiers de la population jérusalémite est rattaché au courant ultra-orthodoxe.

ce temple dont il ne reste pas pierre sur pierre. Quand je vivrois
mille ans, jamais je n'oublierai ce désert qui semble respirer encore
la grandeur de Jéhova et les épouvantements de la mort… »

Guila me sourit.

– Touche ces pierres… Caresse-les, vraiment.

Quelques secondes plus tard, Guila m'accompagna
jusqu'à la chambre 307 du *Knights Palace*[20]. La nuit tombait
sur le cœur de Jérusalem. À cent mètres de mon lit, sur la
rue Saint-François, Chateaubriand repose ses jambes dans
la *Grande Chambre des Pèlerins*. Le couvent Saint-Sauveur
où il loge, éteint sa dernière bougie. Quelques notes dans
mon carnet et je fais le noir autour de moi.

---

20. Maison d'hôtes dépendant du patriarcat latin.

10. - Le sépulcre triomphant

Au petit matin, j'erre des heures dans les ruelles de Jérusalem. Je me laisse subjuguer par les exhalaisons orientales des nombreux souks. Je marche, sans but. Juste le plaisir de me perdre, de glisser entre les frontières invisibles des quartiers chrétien, juif et musulman. Les rues grouillent de barbus, d'encalottés, de femmes voilées, de papillotés, d'ensoutanés ; difficile de se frayer un passage au milieu de cette population hybride. Partout, des longues étoffes multicolores s'agitent, tripotées par des mains envieuses, des encens enfument quelques asthmatiques, des icônes orthodoxes émerveillent des agnostiques de passage, les pâtisseries au miel allèchent le badaud gourmand, de la camelote *made in China* excite la pingrerie des touristes qui croient conclure l'affaire du siècle ; des épiceries fines et des commerçants hâbleurs pullulent… Les ruelles du centre historique de Jérusalem sont un petit trésor, chaotique et affriolant.

À 11 heures, je suis face au Saint-Sépulcre. Des chrétiennes recouvertes d'un voile noir embrassent la pierre de l'onction qui est posée à l'entrée. D'autres femmes pieuses, plus téméraires, se prosternent puis s'allongent sur ce divin morceau de roche où le Christ « fut oint de myrrhe et d'aloès avant d'être mis dans le sépulcre ». Une étreinte spirituelle hors norme. Comment ne pas penser aux extases mystiques de sainte Thérèse d'Avila ou à la *Marie-Madeleine* du Caravage? *Fais-moi l'amour, ô Seigneur!*

Je pénètre dans le saint lieu et vais m'agenouiller dans un confessionnal au hasard. Je confesse mes péchés dans un anglais primitif à un prêtre italien. Déroutant de simplicité. Quelques mots suffisent au pardon. Et cette miséricorde, je la reçois « au lieu même où les apôtres reçurent du Saint-Esprit le don de parler toutes les langues de la terre »[21]. De 16 heures à 17 h 15, je participe à la fameuse procession de clôture du Saint-Sépulcre. Les Franciscains en sont les chefs d'orchestre incontestés. Sous leur bure châtain, ils entonnent des chants en latin, des *Pater* et des *Ave*. Chaque pèlerin est convié à les suivre en silence avec un cierge allumé. Des prêtres issus de confessions chrétiennes concurrentes n'osent s'immiscer dans cette troupe d'infanterie franciscaine. Il arrive même que l'on se batte à coups de chandeliers entre catholiques et orthodoxes. Puis, on se réconcilie dans l'ombre de deux

---

21. *Itinéraire de Paris à Jérusalem*, CHATEAUBRIAND.

chapelles. La présence de ces quatorze églises chrétiennes au Saint-Sépulcre enfante une polyphonie chrétienne unique. La Tunique du Christ retrouve son unité. Cette beauté m'émeut comme elle émut mon cher Chateaubriand deux cent dix ans plus tôt.

« Du haut des arcades, où ils sont nichés comme des colombes, du fond des chapelles et des souterrains, ils font entendre leurs cantiques à toutes les heures du jour et de la nuit ; l'orgue du religieux latin, les cymbales du prêtre abyssin, la voix du caloyer grec, la prière du solitaire arménien, l'espèce de plainte du moine copte, frappent tour à tour ou tout à la fois votre oreille ; vous ne savez d'où partent ces concerts ; vous respirez l'odeur de l'encens sans apercevoir la main qui le brûle : seulement vous voyez passer, s'enfoncer derrière des colonnes, se perdre dans l'ombre du temple, le pontife qui va célébrer les plus redoutables mystères aux lieux mêmes où ils se sont accomplis. »[22]

Mes oreilles, mon nez, ma peau, se laissent bercer par la conversion, doucement. Je ne compte plus les minutes passées avec mes moines franciscains. Mon ennui s'étiole. Mon désir de Dieu n'est plus contraint.

De 17 h 15 à 18 heures, j'assiste à la messe d'une communauté polonaise. Je prie pour mes amours et mes amis et offre ma communion à mon regretté camarade Vincent L. Mes poids se dissipent. J'ouvre l'Évangile de saint Jean. J'y découvre un Christ déterminé face aux

22. *Ibid.*

sceptiques. Il s'échappe du Temple à de multiples reprises pour éviter d'être lapidé par les pharisiens. C'est un épouvantable blasphémateur qui ne recule jamais devant le pouvoir et les forts. « Mon heure n'est pas encore venue. »[23] me dit-il.

Et puis, ces deux scènes fascinantes avec la prostituée et le mendiant aveugle.

« – *Mon maître, fais que je voie[...]*

– *Va, ta foi t'a sauvé* [24] ».

Cette parabole me convainc que Jésus-Christ est venu pour les malvoyants, non pour les prétendus *extra-lucides*.

---

23. Évangile selon saint Jean, 2,4.
24. Évangile selon saint Marc, 10,46-52.

11. - Dieu est un réfugié palestinien[25]

Quelque part, dans le quartier chrétien de Jérusalem.

– Chaque chrétien a le devoir de venir en Terre sainte au moins une fois dans sa vie. C'est un retour aux sources de la foi car c'est ici, à Jérusalem, que *tout a commencé.* Mon ami… Vous devez vous sentir citoyen de Jérusalem, car vous avez deux diocèses d'origine. Le diocèse de votre naissance et le diocèse de Jérusalem !.

Le Père Youssef est un Palestinien catholique de la plus belle espèce. Cet ancien curé de Taybeh et de Ramallah est un lynx fier. Il n'est pas dans l'adulation d'Israël parce que « c'est la seule démocratie d'Orient » et qu'il faut bien un « rempart à la barbarie arabo-musulmane ». Il reprend son beau plaidoyer :

– Il faut venir rencontrer la communauté chrétienne locale qui est arabe et palestinienne. Les Occidentaux pensent que tous les Arabes sont musulmans et que tous les Palestiniens sont des terroristes. Nous vivons ensemble

---

25. Expression tirée du *Carnet arabe* de Gabriel MATZNEFF, éd. La Table ronde, coll. La Petite Vermillon.

depuis quatorze siècles! Nous sommes une partie intégrante du peuple palestinien. Et les chrétiens de Palestine sont un pont d'or entre les Israéliens et les Palestiniens, entre les musulmans et les Juifs; un pont indispensable entre l'Orient et l'Occident. Nous sommes ici par vocation et par destin. Témoigner de Jésus-Christ dans *Sa* patrie.

J'ose l'interrompre :

– Père Youssef… Combien restent-ils de chrétiens en Palestine? Je n'en croise que dans les saints lieux!

– Nous sommes, dans les territoires palestiniens occupés, à Jérusalem-Est et dans la bande de Gaza, 50 000 chrétiens au milieu d'une population de 13 millions de Palestiniens et d'Israéliens. En Israël, il ne reste plus que 130 000 chrétiens. Aujourd'hui, à Gaza, demeure quelque 1 200 chrétiens qui restent enfermés dans cette prison à ciel ouvert. Mais il faut, quoi qu'il en coûte, pérenniser cette présence millénaire du christianisme à Gaza! Notre importance ne provient pas de notre nombre mais de notre présence spirituelle et de notre force de témoignage. Nous sommes les successeurs des Apôtres, le cinquième Évangile qui maintient la foi vivante en Terre sainte! »

Le Père Youssef me regarde, submergé par la passion.

– Quand vous arrivez à Bethléem, dans la grotte de la Nativité, il y a l'étoile et cette inscription en latin : *Hic de virgine Maria Iesus Christus natus est* : « Ici est né Jésus-Christ de la Vierge Marie. » *HIC* ! Ici ! C'est au cœur de cette

Terre sainte qu'il y a eu cette rencontre entre le Ciel et la Terre ! C'est en Terre sainte que le Christ a proclamé Son Évangile ! La Palestine, c'est une géographie du salut. Dieu a choisi d'accomplir le mystère de la rédemption *ici*.

– Et les chrétiens sont l'incarnation de cette espérance ! Quels beaux visages fragiles et accueillants… À Bethléem, à Jéricho, à Taybeh dont vous fûtes le curé !

Youssef venait de me transmettre sa fièvre orientale.

– Vous savez, Taybeh-Ephraïm est le dernier village entièrement chrétien en Terre sainte. Avant la guerre de 1967, il y avait 3 400 habitants. Aujourd'hui, il n'y en a plus que 1 300. La population émigre aux États-Unis, en Amérique du Sud, dans les pays du Golfe. Même sur la Lune, vous devriez rencontrer des habitants de Taybeh ! Le problème, c'est cette occupation militaire qui dure depuis plus de soixante-dix ans. Ça doit s'arrêter. *Enough is enough*. L'occupation engendre un chômage massif ; plus de 60 % de chômeurs à Gaza ! Par conséquent, les gens partent. Vous, tous les pèlerins… Vous devez aider la fragile économie des chrétiens palestiniens en fréquentant leurs hôtels et leurs auberges, en soutenant l'artisanat du bois d'olive et de la nacre. Sans cela, ce sera l'exil définitif.

Quelle tension et quelle beauté dans les yeux du Père Youssef… Dépassé par la véracité de sa mission… Son regard est pur, inquiet, majestueux. Il reprend :

– Voulez-vous une Terre sainte dépouillée de son âme ? Des lieux saints où les pierres se meurent dans des musées froids ? Nous sommes ici en votre nom et au nom de l'Église universelle !

La foi des Européens manque de folie. *Ô Dieu, envoie-nous des fous !*[26]

Sortir du confort spirituel pour embrasser, comme le font les chrétiennes voilées avec la pierre de l'onction, la révolution évangélique. Le Père Youssef me sourit. Son visage se détend. Silence réciproque de deux complices. Il expire ses dernières paroles :

– Jésus est resté sur la Croix entre trois et six heures. Nous, nous vivons sous l'ombre de la Croix depuis un siècle. Mais nous ne perdons pas l'espérance ! Nous contemplons le tombeau vide en attendant notre *résurrection*.

---

26. Magnifique prière du Père Louis-Joseph Lebret : « Ô Dieu, envoie-nous des fous, qui s'engagent à fond, qui oublient, qui aiment autrement qu'en paroles, qui se donnent pour de vrai et jusqu'au bout. Il nous faut des fous, des déraisonnables, des passionnés, capables de sauter dans l'insécurité : l'inconnu toujours plus béant de la pauvreté. Il nous faut des fous du présent, épris de vie simple, amants de la paix, purs de compromission, décidés à ne jamais trahir, méprisant leur propre vie, capables d'accepter n'importe quelle tâche, de partir n'importe où, libres et obéissants, spontanés et tenaces, doux et forts. Ô Dieu, envoie-nous des fous ! Ainsi soit-il. »

12. - Le Temple et ses marchands

L'appel à la prière de la mosquée Al-Aqsa retentit dans Jérusalem. Des rabbins ultra-orthodoxes s'agitent autour de la mosquée. Ils invoquent, à la manière des sorciers vaudous, la réédification du Temple de Jérusalem. Du mur des Lamentations à Al-Aqsa, sommeillent les fondations de l'ancien Temple hébreu. Le même Temple où Jésus fut présenté quarante jours après sa naissance. C'est ici, au cœur sanglant de Jérusalem, que le Christ chassa les marchands hypocrites, pardonna à la femme adultère avant d'y entrer triomphalement au milieu des palmes et des branches d'olivier, le jour de la fête des Rameaux.

Guila se désespère de la véhémence des ultra-orthodoxes. Leur croissance démographique métamorphose le visage de Jérusalem. Plus de dix enfants par femme! Une reconquête de la cité sainte par la démographie. Les Juifs laïcs et modérés préfèrent partir pour Tel-Aviv avec leur courte progéniture.

Sous leurs barbes, leurs chapeaux et leurs longues papillotes, ces Juifs pieusement fanatiques crachent sur les prêtres, vomissent sur les musulmans et méprisent leurs frères juifs laïcisés. L'État d'Israël de *Bibi* Netanyahu se rend volontiers complice de leurs exactions parfois dramatiques. Guila me raconte l'incendie du sanctuaire de Tabgha – lieu illustre où se déroula *le miracle de la multiplication des pains* – perpétré par deux jeunes Juifs ultra-orthodoxes. Le curé a réchappé des flammes de justesse. L'État devait financer la reconstruction du sanctuaire du fait évident du caractère terroriste de l'incendie. Mais, dans un premier temps, la Justice de Netanyahu a préféré qualifier ce geste infâme d'*acte délinquant*. Ainsi, l'assurance et le financement des travaux volaient en éclat. C'est grâce à la population locale et à l'intervention du président israélien que la Justice requalifia l'incendie en « attaque idéologique liée au conflit israélo-arabe. »[27]

Guila lâche quelques larmes sur sa joue chaleureuse. Elle me montre d'un signe de tête un groupe de femmes-flics israéliennes qui se pavanent sur l'esplanade des Mosquées. Présence illégale. Jérusalem n'appartient pas à Israël.[28]

– L'État envoie de plus en plus de femmes en treillis. Ce sont les pires. Comme elles ont tout à prouver, elles sont d'une froideur implacable. Tout ça finira mal…

---

27. Article de *La Croix* du 23 septembre 2015, « Israël indemnisera finalement l'Église catholique pour l'incendie de Tabgha. »
28. L'ONU a octroyé en 1949 à Jérusalem le statut de « capitale internationale ». Le 30 juillet 1980, le parlement israélien vote une « loi fondamentale » faisant de Jérusalem réunifiée, la capitale d'Israël. Cette annexion est condamnée par les résolutions 476 et 478 du Conseil de sécurité de l'ONU.

13. - *Une embolie de l'amour* [29]

Je regarde le tombeau du Christ vide. Je sens mon cœur frémir. Des choses se passent au-dedans de moi. Des images en cascade ininterrompue. D'abord le visage du Christ de Pasolini. Adolescent et fier, presque insolent. Puis, les yeux craintifs, gonflés par le doute, du Jésus de Kazantzaki et de Scorsese. Je me remémore quelques répliques marquantes de *La Dernière Tentation*. Le Christ face aux pharisiens...

« – Et moi je rejette la Loi. J'ai une Loi nouvelle et un nouvel espoir.

– Ainsi, Dieu aurait abrogé l'ancienne Loi ?

– Non... Non mais il sait que nos cœurs sont prêts à contenir davantage ! »

Une autre image. Le Christ face aux grands prêtres...

« Vous vous croyez privilégiés ! Dieu n'est pas israélite ! »

---

29. Dans *La Colère de l'agneau* de Guy Hocquenghem : « Jean nous fait participer, chacun, à un grand soulèvement poétique, métaphorique, fait de haine et d'espoir fou, une manière de grande embolie de l'amour. »

Le tombeau vide me réapparaît. Je sens mon cœur frémir à nouveau. Mon cœur qui s'émeut du destin de ce Christ pleinement Dieu et pleinement Homme, qui expérimente la liberté et le doute. Ce Christ qui va jusqu'à faire l'expérience de la déréliction, de l'absence de Dieu ; ce Christ qui prend toute notre humanité jusqu'à l'athéisme… « Mon Dieu, mon Dieu, pourquoi m'as-tu abandonné ? »

Qu'est-ce qui m'empêche de faire le *grand plongeon* ? De m'abandonner à Jésus ? À Sa Volonté ? De renoncer au *vieil homme* ? De me détacher définitivement de ma *bourgeoisie douillette* ?

Choisir et parier !

Surgissent en moi, comme une fulgurance, ces mots de l'abbé Guillaume de Tanoüarn :

> « *Il faut choisir, croire en ce que l'on a choisi et surtout finalement aimer nos choix. Quels qu'ils sont, ils ne diminuent pas notre univers mental, mais eux et eux seuls nous font accéder à l'amour, c'est-à-dire au salut.* »[30]

Le tombeau demeure vide. Il est d'une présence spirituelle extraordinaire. Je le contemple, aussi intrigué que les Saintes Femmes lors de l'ouverture du tombeau il

---

30. *Délivrés, méditations sur la liberté chrétienne*, Guillaume de Tanoüarn, éd. du Cerf.

y a 2000 ans. Je sens mon cœur se mouvoir, s'embraser. Stefan Zweig vient me susurrer cette phrase bouleversante : « Pour l'immortalité, la morale n'est rien, l'intensité est tout. »[31] Le Christ, c'est le Corps vu comme un réceptacle paroxystique de l'Amour et de la souffrance, de l'exaltation et de la mort. Le Christ est l'incarnation du rouge-passion, du feu amoureux inextinguible, et ce, à la barbe des institutions constipées qui ont la fâcheuse tendance à tempérer l'amour et à rationaliser la folie de la Résurrection. Mais, par-delà cette poésie d'espérance, où sont mes *actes* ? Où est ma *praxis* de la foi ?

Je regarde encore le tombeau du Christ vide. Mon cœur a soif. Je crois savoir que Jésus nous juge plus sur notre faim que sur notre pureté morale ou notre réussite en société. Heureux les affamés et les torches en feu ! Je n'ai plus envie d'économiser ma vie comme un avare en surpoids. Les inquisiteurs sont aux aguets, eux, si prompts à mépriser le corps et la liberté. Leur désir ? Brûler - sur un bûcher de préférence -, les chairs voluptueuses et les âmes trop incarnées. C'est le catharisme des nigauds. Je leur préfère ce tombeau vide qui m'emplit d'une joie étrange, imparfaite. Cet humble sépulcre qui provoque en mon cœur, une *embolie d'amour*.

---

31. *Trois poètes de leur vie : Stendhal, Casanova, Tolstoï* de Stefan ZWEIG, éd. Le Livre de Poche.

14. - Le miracle de l'American Colony

Au petit matin, je marche dans les pas sanglants de Jésus. Chemin de croix sur la *Via Dolorosa*. Les soldats romains se sont transformés en miliciens nationalistes. Devant mes yeux, la colonisation sauvage du quartier musulman par des civils en armes et talkie-walkie. Ils exproprient en toute impunité des familles mahométanes et ce, sous l'œil bienveillant de la police israélienne.[32]

J'arrive sur les toits du Saint-Sépulcre. Le Christ a été crucifié sur le Golgotha, à quelques centimètres de mon propre corps. Chateaubriand me précise qu'« anciennement le mont Calvaire était hors de la ville ; c'était le lieu où l'on exécutait les criminels condamnés à mort ; et, afin que tout le peuple y pût assister, il y avait une grande place entre le mont et la muraille de la ville. »[33]

---

32. Une colonisation illégale qui frappe également les communautés chrétiennes de Terre sainte. Voir l'article du *Figaro* du 5 septembre 2017, « Jérusalem : Israël accusé de chercher à affaiblir la présence chrétienne ».
33. *Itinéraire de Paris à Jérusalem*, CHATEAUBRIAND.

La Crucifixion, il y a deux mille ans, sous mes yeux… La meute sanguinaire s'est transformée en foule touristique. Le terrible « *Libère Barrabas !* » métamorphosé en un tiède et médiocre « *Libère le champ pour ma photo !* »

En début d'après-midi, je pars boire une bière fraîche à l'American Colony[34]. Dernière station de mon pèlerinage en Terre sainte. Je lis, au hasard d'un livre, un détail sur l'expiration du Christ sur la Croix. *Dernier souffle à 15 h 13 sous un ciel ombragé.* Je regarde ma montre, instinctivement. Il est 15 h 13 *pétantes.* De gros cumulus pointent le bout de leur nez. Je file au Saint-Sépulcre, encore ! Je suis troublé, par ce *15 h 13* si silencieux, si anodin, heure à laquelle le *bouleverseur universel*[35] rendit l'esprit. Mes chers Franciscains m'attendent pour entamer la procession. Je communie à nouveau. Mon cœur s'embrase ! Jérusalem devient une *lumière intérieure.* Soudainement, tout s'éclaire, comme le ciel bleuté de Tibériade. Tout devient limpide, comme une évidence. Les tortures passées se transforment en réjouissances ; les ennuyeuses méditations deviennent de longues contemplations apaisées ; les douleurs de la génuflexion s'évaporent ; le sacrifice de soi et l'exercice de la charité deviennent une source de béatitude, non de vanité. La vie spirituelle ne se pratique plus dans l'économie et le calcul

---

34. Hôtel situé à deux kilomètres des remparts de Jérusalem où Lawrence d'Arabie et le mythique chef de la Légion arabe Glubb Pacha avaient leurs habitudes. Un ami proche, JFCDA, m'en conseilla la visite.
35. Expression employée par Merejkovski.

mais avec abondance, à chaque seconde de chaque instant. Jusqu'au jour où… la flamme vacillera, à nouveau.

Une heure plus tard, sur le lit de la 307ᵉ chambre du *Knights Palace*, j'écoute la merveilleuse bande originale de *Mission*[36] imaginée par Ennio Morricone. L'*Ave Maria* des Guaranis me fait monter les larmes aux yeux. Je pense à De Niro, chasseur d'esclaves redoutable, converti par la fragilité des Indiens. Je le vois accompagné d'Harvey Keitel, le *bad lieutenant*[37] d'Abel Ferrara. Un flic drogué aux allures de bon larron :

« – Souviens-toi de moi, quand tu viendras dans ton règne…

– Je te le dis en vérité, aujourd'hui tu seras avec moi dans le paradis. »[38]

La fragilité et la rédemption de dernière minute me bouleversent. Je veux demeurer dans ce diocèse de Jérusalem ! Habiter mon cœur à une vie d'intériorité intense, à un retournement définitif ! Il me faudrait dix jours encore ! Ou peut-être une vie…

Naples, Lafrançaise, Paris.

---

36. Film extraordinaire de Roland Joffé avec Robert de Niro et Jeremy Irons, 1986.
37. *Bad Lieutenant*, film réalisé par Abel Ferrara en 1992.
38. Évangile selon saint Luc, 23,42-43.

PARTIE III

Ô Babylone !

« *La neige, poudre blanche, a posé son voile*
Sur le pâle visage enfantin de Toto.
Pourquoi, Seigneur, fait-il soudain si froid ?
Quel est cet inexorable exil qu'on nomme la
mort ?
Aux rives des fleuves de Babylone
Les harpes se sont tues.
Nos larmes coulent, silencieuses, et les mots
Que Jésus, pensif, trace sur le sable,
Disent notre misère et Sa miséricorde. »

Gabriel MATZNEFF, *Super flumina Babylonis*

1. - Charles-de-Gaulle – Babylone !

Automne 2017.

Les hôtesses de l'air prodiguent leurs inutiles conseils. Dans quelques minutes, le décollage pour Le Caire. J'ai embarqué avec moi les *Lettres à Lucilius* de Sénèque, les Évangiles (mon édition de poche 1937) et le *Carnet arabe* de Gabriel Matzneff. L'avion fait marche arrière sur le tarmac de l'aéroport Charles-de-Gaulle. Bientôt le ciel.

Avant chaque envol, le visage d'Henri Guillaumet m'apparaît. Ce valeureux pionnier de l'Aéropostale se perd dans les Andes en juin 1930 avec son avion mythique, le Potez 25. Par un courage surhumain, Guillaumet franchit plusieurs cols dont un de 4000 mètres, sans piolet, sans corde, avant d'arriver une semaine plus tard en Argentine, gelé et à moitié mort. Il se confia à son grand ami Saint-Exupéry : « Ce que j'ai fait, je te le jure, jamais aucune bête ne l'aurait fait. »[1]

---

1. Voir *Les Ailes du courage*, superbe moyen-métrage de Jean-Jacques Annaud qui retrace l'exploit surhumain de Guillaumet dans la Cordillère des Andes.

Mes mains sont légèrement moites. Je laisse Guillaumet dans les Andes et rêvasse de Bagdad. Je fais comme Tintin dans *Le sceptre d'Ottokar*. Dans le vol qui l'achemine en Syldavie, il se documente avec passion sur le pays de Muskar XII. Je sors de mon sac quelques brochures et me plonge dans la terre du regretté Saddam.

À 23 heures, nous passons au-dessus de Venise, à plus de 11 200 mètres d'altitude. Dehors, c'est le froid polaire : -63 °C. J'apprends que l'arrivée de Daesh dans la ville de Mossoul a été ressentie comme une libération par la population sunnite. Puis, la désillusion…

C'est étonnant ces zélateurs de Mahomet qui abhorrent le porc et qui se comportent comme tel. J'ai eu le loisir de prendre une place côté hublot. Pas de chance, je suis installé au seul rang qui ne dispose pas de hublot… Devant moi, un Égyptien obèse s'étale sur son siège, l'incline au maximum en arrière pour se choisir, en toute aise, un film bien gras, bien américain, bien abêtissant.

4 h 46 heure égyptienne, soit 3 h 46 heure française.

Je lis quelques pages du *Carnet arabe*. « Le Christ est partout où s'opère une œuvre de beauté, où s'accomplit un geste d'amour. » L'appel à la prière résonne dans tout l'aéroport du Caire. Par déférence, mon bruyant voisin a baissé son épouvantable musique. Il est cinq heures, Allah s'éveille.

8 h 10. Le soleil poudreux de la piste de décollage. Autour, le sable du désert. Nous survolons Le Caire, les lumières, les routes, les maisons à perte de vue, le Nil, calme et tortueux. Je suis assis à côté d'une espèce de dignitaire irakien. Nous échangeons quelques mots en anglais. Le docteur Salah est accompagné d'un ami ingénieur. « *Qu'est-ce qu'un Européen comme lui peut-il venir foutre à Bagdad ?* » pensent-ils secrètement. Salah est propre, une moustache finement taillée, un costume élégant de diplomate. Pendant notre prise d'altitude, il récite une prière islamique. Je me signe de la Croix. Si Dieu le veut, nous arriverons à Bagdad en fin de matinée.

2. - Chez les Picaros

Des palmiers épars entourent le terminal « Babylon ». Je me faufile discrètement à l'arrière d'un taxi. Il ne faut pas trop parler, garder les yeux évasifs, espérer qu'aucun commando ne nous assaille. De l'aéroport de Bagdad à l'archevêché syriaque catholique, une vingtaine de minutes en voiture. La tension flotte comme une vieille algue asphyxiante. Tous les deux ou trois kilomètres, des checkpoints réguliers où quelques hommes en armes vérifient l'intérieur des véhicules. Sont-ce des militaires irakiens? Des miliciens chiites? Depuis la chute de Saddam Hussein en 2003, Bagdad vit en pleine cacophonie. Plus aucun portrait du Raïs sur les murs. Le long des routes, d'innombrables drapeaux chiites, des visages à la mémoire de leurs martyrs claquent au vent. Cette conquête territoriale par l'iconographie me rappelle Belfast.

Le taxi reste silencieux. J'entends sa respiration saccadée. Il doit m'emmener le plus vite possible chez l'archevêque de Bagdad. Le pontife souhaite me montrer la terrifiante instabilité dans laquelle vivent les chrétiens bagdadis. C'est une minorité recluse, vulnérable, apeurée. Les catholiques sont la cible d'attentats et de kidnapping depuis le renversement de Saddam.

Pour accéder à l'archevêché, il faut franchir des contreforts destinés à repousser les voitures béliers ; il faut tourner son volant plusieurs fois à 180° et suivre docilement les épingles à nourrice qui défigurent la route. Les épingles dissuadent les voitures-kamikaze de « foncer dans le tas ». Mgr Yousif Abba est sous escorte. Sa présence doit être camouflée sinon c'est la mort. De jour comme de nuit, les Picaros veillent.

La voiture s'arrête devant une imposante soutane noire teintée de violet. Monseigneur Yousif m'ouvre la porte et donne au chauffeur une liasse de dollars américains. Il m'accueille dans son évêché qui prend des allures de palais *bunkerisé*. Des portraits de prélats ornent les murs. Nous sommes en résidence surveillée. L'archevêque syriaque maudit l'invasion américaine de 2003 qui a fichu en l'air l'Irak pour au moins cinquante ans…

Il est l'heure pour nous de passer à table. Le buffet épiscopal est opulent. Il déborde de boulettes de viande, de semoule épaisse, de plats en sauces et de crudités. De quoi nourrir une paroisse entière. Je remplis timidement mon assiette. L'évêque s'agace et me sert un grand verre de vin local. Il ne faut pas refuser les fraîches victuailles de Monseigneur.

3. - L'enclave chrétienne

31 octobre 2010.

Vers 17 heures, des terroristes appartenant à « l'État islamique d'Irak » pénètrent dans la cathédrale *Sayidat al-Najat* qui jouxte l'archevêché. Ils prennent en otage une centaine de fidèles réunis à l'occasion de la Toussaint. Les deux prêtres officiants ainsi que 56 catholiques périssent sous les balles de cet État islamique encore pré-pubère.

Mgr Yousif Abba retient ses larmes. Il me conte cette terrible journée qui fut, pour les catholiques irakiens, un véritable « 11 septembre ». Cette date sanglante marque le début d'une persécution ininterrompue des chrétiens. L'État irakien avait, en 2012, financé l'intégralité des rénovations à une hauteur de dix millions de dollars. Mais le fric n'efface pas le sang des martyrs. La mémoire des victimes reste omniprésente. De grandes bannières à l'effigie des catholiques assassinés sont suspendues dans la cathédrale. Un musée a même été inauguré dans la crypte pour se souvenir de ces pauvres chrétiens, morts parce que fidèles au Christ.

Monseigneur Yousif essuie ses larmes discrètes :

– Aujourd'hui, la cathédrale est protégée par des murs blindés, par des soldats, pour éviter toute intrusion meurtrière. Les paroissiens ont peur mais ils demeurent persévérants dans la foi !

À 16 heures, nous sommes reçus par Dom José, adjoint du nonce apostolique. Dom José est un sympathique prêtre mexicain, calme et discret. Il m'explique que c'est la nonciature qui fait entrer de l'argent en liquide (valises diplomatiques de 50 000 dollars) pour aider les chrétiens d'Irak à rentrer chez eux, surtout à Mossoul où plus un baptisé ne demeure.

Comme l'archevêque de Bagdad, Dom José reste très pessimiste quant à l'avenir du pays. Ici, en Irak, *le pire est toujours certain...* Tout est instable, tout peut basculer. Les chrétiens doivent sans cesse toréer avec les voitures piégées. Par conséquent, chacun se terre prudemment chez soi. Mgr Yousif Abba refuse même de baptiser les nouveaux convertis. Il les expédie loin de la ville et de leur famille car passer de Mahomet au Christ, c'est s'assurer d'une mort certaine.

17h30. Nous filons sous escorte dans un camp de réfugiés chrétiens où sont logées quelque 90 familles de la plaine de Ninive. Sur un terrain vague, s'empilent des suites de bungalows et de générateurs électriques pour garantir une électricité minimale. Ici aussi c'est la vie *isolée.*

Depuis l'invasion de l'État islamique en 2014, ces chrétiens exilés ont fui le nord de l'Irak pour s'installer dans des camps précaires à Bagdad ou ailleurs. Ils subissent une existence nomade, frugale, incertaine et même si leurs villages ont été libérés, ils hésitent encore à rentrer chez eux. La peur de ne pas retrouver de travail et de découvrir leurs maisons brûlées ou détruites. Pas facile de quitter Bagdad pour tout recommencer, tout reconstruire. Renaître sans la naïveté de l'enfant… Il y a le danger de l'oisiveté permanente et de la mélancolie, mères de l'impérieuse lassitude et du renoncement. Heureusement, l'église locale, sous l'impulsion de Mgr Abba, anime le camp par diverses activités paroissiales. L'église est le cœur battant de ce village de fortune. Elle ne sert pas uniquement à célébrer la messe. On continue à y préparer des mariages, à y suivre des enseignements ; on y trouve aussi, à proximité, le bureau des responsables du camp. Saïd, honorable père de famille chrétienne, marmonne quelques mots en arabe :

– Une messe quotidienne est dite par l'*Abouna* (le Père). Les femmes y participent pendant que les hommes ruminent sur leur hypothétique retour à la maison.

Pour marquer sa visite, Monseigneur Yousif a revêtu son habit d'archevêque. Il est à la fois pasteur et chef de clan. Sa présence apaise. Les exilés ont besoin d'embrasser son anneau épiscopal. Déférence qu'il refuse quand il s'agit d'un Occidental ! L'évêque est ici comme un amiral sur un navire en détresse. Son devoir ? Maintenir *l'espérance*.

4. - Nadir

Il a le crâne rasé. Une voix de stentor. Sa peau est burinée par le soleil et l'alcool. Nadir ne se sépare jamais de sa grosse doudoune. Il fixe la route cabossée en appuyant inlassablement sur l'accélérateur ; ses yeux sont jaunis par les paquets de *slims* qu'il s'enfile. Jamais il ne met sa ceinture en voiture. Pour lui, c'est une abomination. Nadir appelle tous les soirs sa femme et sa jeune fille. Elles pleurent son absence. Lui est chauffeur privé. Pendant que sa famille survit dans un camp de chrétiens exilés, il arpente le nord de l'Irak dans son van blanc et accompagne les curieux dans un périple incertain.

Nous quittons Erbil - capitale du Kurdistan irakien - pour Kirkouk. Trois heures de route en voiture. Autour de nous, des terrains vagues, jonchés de détritus. Nous prenons la route des montagnes. Les drapeaux du Kurdistan pullulent du haut des lampadaires. Vert-blanc-rouge d'où surgit un soleil zoroastrien. Les collines sont arides et ressemblent à de petites montagnes où se perdent quelques bergers et bédouins. À bâbord, la Turquie. Nadir conduit comme un fou.

Il pense à sa maison native de Bartala qu'il a dû quitter en 2014. Depuis la libération de Mossoul en juillet 2017, il la retape au milieu des ruines encore fumantes. Il rêve d'y retourner avec sa femme et sa fille. Vivre à nouveau...

J'implore l'imminence d'un prochain checkpoint. Mon cœur résistera-t-il ? Nadir klaxonne, double toutes les voitures, insulte les tocards prudents. Malgré son allure d'ours bourru, il me fait étrangement penser à Arturo Benedetto Giovanni Giuseppe Pietro Archangelo Alfredo Cartoffoli di Milano, le chauffard italien de *L'Affaire Tournesol*. Nadir possède l'audace napolitaine et la ténacité somalie d'un Abdi, le fidèle ami d'Henry de Monfreid.

– Si la Mort vient me prendre, ce sera la volonté de Dieu ! me dit-il en riant. *Inch'Allah.*

Sur le bord de route, quelques petits bouis-bouis en tôle vendent d'immondes breloques, quelques ballons de football et une courte gamme d'hideuses poupées grand-format. Est-ce cela le Kurdistan ? Un bidonville et un aéroport déserté ? Il y a bien quelques chèvres éparses, tantôt blanches tantôt noires, qui broutent avec nonchalance la terre brûlée...

Nous pénétrons avec Nadir dans le Kurdistan contrôlé par le PUK[2] affilié au clan Talabani. Les soldats ont des

---

2. L'Union Patriotique du Kurdistan, parti politique fondé par Jalal Talabani, qui contrôle le sud du Kurdistan jusqu'à la frontière avec l'Iran.

manières de policiers bordures[3]. Tatillons et lourds. J'écoute les conseils de Nadir. J'arbore un visage fatigué, de ravi de la crèche inoffensif. Checkpoint franchi, nous voilà à soixante kilomètres de Kirkouk! Le van blanc traverse le Zab, une charmante petite rivière à l'eau de cristal. Au bord de la route, le commerce se diversifie. Des vendeurs ambulants de poules, de pommes de terre et d'agrumes, nous font de grands signes chaleureux. Nadir me montre du doigt les montagnes environnantes :

– Quelque part, il y a des vestiges assyriens. Ici, c'est l'Irak profonde!

Des postes de défense *peshmergas*[4] abondent. Ils sont prêts à combattre l'armée irakienne. Daesh vaincu, les traditionnels combats communautaires reprennent le fil de l'Histoire. Les Kurdes vomissent l'administration irakienne. Que Saddam et son Irak baasiste continue à croupir en enfer! Chaque lopin de terre compte. Y compris la ville de Taq-Taq dont il faut préserver l'indépendance par tous les moyens. Dire que les mercenaires kurdes se disputent jusqu'à la mort ces territoires fantomatiques...

Soudain, le relief s'adoucit. Kirkouk est à vue. La brigade antiterroriste irakienne (ICTS) nous fouille des pieds à la tête. Expertise obligatoire pour pénétrer

---

3. *Tintin et le sceptre d'Ottokar* & *L'Affaire Tournesol*.
4. Ainsi nomme-t-on les combattants kurdes : les *peshmergas*.

Kirkouk, la ville de l'*or noir*. L'unité d'élite, sous ses cagoules, a des gestes rudes et précis. Mais, une fois de plus, la gueule de Nadir reste le meilleur des laisser-passer. Il me lance un clin d'œil discret et appuie sur l'accélérateur.

5. - Les pipelines de Kirkouk

Des puits d'or noir enlacent la ville de Kirkouk. Des torches-air font jaillir le pétrole en flammes. Des pipelines se promènent au milieu des terrains vagues. Sous mes pieds, 40 % des réserves pétrolifères d'Irak. Kirkouk est convoitée de tous. Dans les souterrains, des centaines de milliards de dollars d'hydrocarbures vadrouillent anarchiquement.

À la surface, Kirkouk est une salade composée de Turkmènes, de Kakaïs, de Kurdes du clan Barzani, de Kurdes du clan Talabani (PUK), quelques chrétiens et Yézidis mais aussi des sunnites que Saddam a installés pour arabiser la ville.

11 h 20. À l'archevêché de Kirkouk. Monseigneur Yousif Thomas Mirkis nous accueille très chaleureusement. Il me fait visiter son nouveau dispensaire où une soixantaine de médecins se relaient : dentistes, ophtalmos, oncologues. À côté du centre médical, l'école *Marianama*, Notre-Mère-Marie en turkmène. Y sont scolarisés une centaine de charmants élèves en uniforme, tous très bien élevés. Ils se tiennent debout pour honorer notre présence. L'uniforme abolit la religion et les différences sociales. Qu'ils soient chrétiens ou musulmans (2/3 de mahométans pour 1/3 de chrétiens), ces jeunes têtes brunes entonnent des chants d'accueil émouvants. Ils n'ont rien à nous envier, nous et nos écoles de petits merdeux incultes.

Une heure plus tard, je suis en compagnie du gouverneur sunnite de Kirkouk pour l'inauguration d'une chambre stérile destinée à la guérison des enfants cancéreux. Quel regard dur et déterminé chez ces dignitaires irakiens ! L'autorité s'affirme naturellement. On ne les imagine pas sur les bancs de l'ENA, frêles et binoclards, à rêver de la présidence de la République. En Irak, la politique est violence. Le coup d'État ou l'assassinat est le seul scrutin qui fonctionne.

Un imposant dispositif de sécurité protège les bureaux de ce micro-hôpital. Sous les galons et les AK47, les discours officiels et la remise de fleur. L'armée garantit une paix fragile. Le gouverneur en finit avec le protocole et m'invite dans sa voiture blindée. Quel honneur que ce cadeau empoisonné ! Son véhicule reste la cible n° 1 des engagés volontaires au suicide explosif. Nous passons devant *l'église rouge* où eut lieu un massacre de martyrs chrétiens perpétré par les Perses au IVe siècle. En Occident, le Christ fut impérieux ; en Orient, *recrucifié* maintes fois...

6. - À l'ombre des barbes

Les psaumes résonnent dans les travées de la cathédrale du Sacré-Cœur. Les chrétiens de Kirkouk entonnent les vêpres à pleins poumons. « Oracle du Seigneur à mon Seigneur : Siège à ma droite : et je ferai de tes ennemis le marchepied de ton trône ! » Monseigneur Mirkis s'habille en silence dans la sacristie ; il s'apprête à présider la messe dominicale. Une chorale de jeunes adolescents vêtus d'aubes bleues entonne les chants liturgiques. Tristesse et douce espérance. Les hymnes chaldéens sont imprégnés d'une splendide arabité. Un néophyte pourrait confondre ceux-ci avec un appel du muezzin. Mais quelle émotion que d'entendre ces flopées d'*Allah Akbar* exprimées dans une tendresse toute chrétienne !

L'Alléluia et l'annonce de l'Évangile sont saisissants. Un appel à la prière, à une joyeuse gravité orientale.

Pendant le prêche de l'archevêque, le générateur d'électricité saute. Forte résonnance dans l'enceinte audio qui s'éteint soudainement. Les paroissiens retiennent leur souffle. Début d'affolement, les gorges se coupent. Tout le monde, pendant une poignée de seconde, pense à la détonation d'une balle, à un nouvel attentat. Daesh et l'ombre des barbes islamistes hantent encore les esprits. Ce genre d'incidents incite à *l'exercice de la bonne mort*. Monseigneur Mirkis reprend l'offertoire. Il entonne les paroles de la consécration en les ornant d'une espèce de grégorien arabique. Il trempe dans le calice de vin rouge l'hostie consacrée et y esquisse un signe de Croix avant de prononcer les saintes paroles de Jésus pour que le vin se change en sang. J'accompagne la cohorte de fidèles pour aller communier. Je me remémore le beau visage orientalisé de Charles de Foucauld et des quelques mots qui suivirent sa conversion.

« Je me suis avancé vers la table sainte et j'ai communié. Depuis ce jour, un profond changement s'opère en moi. Dieu n'est plus une vérité à apprendre mais une personne à rencontrer. »[5]

À mon tour, je m'approche de la table sainte. Je suis heureux de goûter à ce corps du Christ irakien, plus souffrant qu'ailleurs.

---

5. Il faut aller voir la magnifique incarnation de Foucauld par le comédien Gérard Rouzier dans le spectacle *Charles de Foucauld, Frère universel*, mis en scène en l'église Saint-Augustin (Paris VIIIe) par Francesco Agnello.

7. - Saddam et François

– Reprenez donc de ces délicieuses boulettes de viande !
Monseigneur Mirkis aime partager ses agapes. Il me
fait goûter ses whiskys fétiches. Alors je m'empiffre
gentiment pour faire honneur à mon hôte. L'archevêque
chaldéen - qui parle un français exquis - me pose des
questions pièges sur l'univers de Tintin.

– Est-ce Dupond avec un"D" ou Dupont avec un "T "
qui porte une moustache légèrement retroussée ?

Facile, Monseigneur, facile ! Je le provoque à mon tour.

– Quels sont les numéros de la plaque d'immatricu-
lation inscrits sur la voiture de Ramon Zarate et d'Alonso
Perez dans *L'Oreille cassée* ? (Celle qui manque d'écraser
Tintin).

Il rit aux éclats :

– Parce que vous allez me faire croire que vous le
savez ?!

Silence et concentration.

– … 160 … 891 … Oui c'est bien cela ! 160-891 ! C'est une plaque que l'on peut lire à l'envers !

– Eurêka ! s'esclaffe le prélat en applaudissant.

Je sors de table en compagnie de l'évêque tintinophile pour rendre visite au gouverneur de Kirkouk. Des soldats en nombre surveillent le bâtiment officiel. Un système de vidéo-surveillance *orwellien* contrôle les battements d'ailes d'une mouche vagabonde. Je m'assieds dans le vaste et élégant bureau du gouverneur. Son regard n'a pas changé. Toujours dur et droit. La sensiblerie est une inflexion qui doit lui être tout à fait étrangère. Autour de nous, un cheval de bronze, des sabres, un magnifique mobilier, des tapis rêveurs.

Monseigneur Mirkis a l'âme d'un diplomate. Il manie l'humour subtil avec délectation. Il sait faire rire le politicien sunnite sans sombrer dans la galéjade. Ils évoquent le bon temps des relations Chirac-Saddam.

L'archevêque négocie entre deux boutades un laisser-passer signé de la main du gouverneur pour franchir tous les checkpoints jusqu'à Mossoul. Il insiste même pour avoir une escorte blindée mais c'est un refus catégorique. Cela ne dépend plus de la juridiction de M. le gouverneur. Et puis Mossoul est cette cité splendide qui fut pendant trois années la capitale irakienne de l'État islamique. Malgré la libération récente, des poches de djihadistes pullulent encore, se mêlent à la population. Parfois ce sont les mêmes. Les attentats demeurent l'unique pain quotidien des Mossouliotes.

Le gouverneur et l'évêque se serrent chaleureusement la main. Les musulmans ont une profonde reconnaissance pour le rôle essentiel que jouent les chrétiens dans la popularisation des écoles. Monseigneur Mirkis pince l'épaule de son aimable interlocuteur :

– L'éducation, la culture, les livres, les services de santé ; les chrétiens ont toujours su faire cela en Irak. Se pencher sur l'homme, c'est un peu notre vocation de catholique. Le Christ était un maître et un guérisseur !

L'archevêque me lance un clin d'œil complice.

Les deux hommes, acolytes en la circonstance, savent que l'unité nationale irakienne repose sur leurs frêles épaules. Daesh a avivé à l'extrême les exacerbations communautaires. Et seuls *Saddam et François* peuvent réfréner les légitimes tentations de vengeance et de repli tribal.

8. - Mossoul martyrisée.

Lundi, 6 h 55.

Sur la route d'Erbil depuis plus de deux heures avec Nadir aux commandes. Le soleil se lève sur la montagne. Un troupeau de chèvres traverse l'ignoble route sous notre barbe. Nadir s'impatiente. On fonce vers Bartala, village situé au sud-est de Mossoul où doit nous attendre pour 8 heures un chef de la tribu *yézidie*. Il a pour mission de nous escorter jusqu'à la ville de Sinjar, plus au nord. Quasi impossible d'écrire dans mon carnet noir. Ici, l'on conduit comme si la mort était à nos trousses.

À Bartala, des impacts de balles sur les murs de chaque maison. L'église Saint-Georges est dévastée. Le curé, désemparé, me fait visiter les décombres. L'édifice a été rôti par Daesh il y a un an. Le presbytère porte également les stigmates de la terre brûlée. Les djihadistes ont piqué toutes les croix en inscrivant sur les murs quelques sourates en noir dégoulinant ainsi que leur nom de *moudjahidin*. Ils dormaient là, sur des paillasses, au milieu de la mort.

Nadir m'emmène dans sa maison restaurée. Du brillant, du faux marbre, kitsch au possible. Mais peu importe le goût contestable des Irakiens. Nadir rêve de voir sa femme et sa fille gambader à nouveau dans les chambres rutilantes. Je m'assoupis quelques minutes dans son salon. À 8 h 50, un épicier ouvre son commerce. L'espoir de faire fortune est mince mais lever le rideau de fer est un rituel vital. La vie doit reprendre son cours.

Je me promène dans les ruines glissantes. Je trouve sous quelques pierres un livre de prières chrétiennes en arabe, imbibé de poussière et d'humidité. Le Christ, présent au cœur de la désolation. Je le serre précieusement contre moi.

Trois coups de klaxon me font sursauter. Les chefs yézidis viennent d'arriver ! Nadir leur propose une tournée de thés brûlants. Ils sont souriants, taiseux, armés. Une large moustache, des yeux aiguisés de Bédouin, un visage arrondi.

Nous partons pour Mossoul. Sur le siège passager de la voiture, des AK47 et quelques revolvers chargés.

À 11 h 43, entrée périlleuse dans Mossoul. Sur les bords de route, des amas de carlingue et de détritus. Je ferme ma fenêtre et m'engonce au fond de mon siège. Des centaines de camions, de tracteurs, de bennes, de gravats, s'accumulent tout au long de l'avenue. Mais aussi des sacs de ciment. Nous avançons à pas de fourmi sur la Hawler road (est de la ville). On dépasse l'ancienne muraille de Ninive.

La mythique Ninive qui fut la capitale étincelante de l'Empire assyrien il y a plus de 2700 ans ! Difficile d'imaginer Mossoul sous le règne du roi lettré Assourbanipal… Ce monarque assyrien constitua, au VIIe siècle av. J.-C., une bibliothèque royale où se mêlaient « toutes les œuvres savantes et littéraires de l'ancienne Mésopotamie, rédigées en sumérien ou en akkadien »[6]. Depuis, les taureaux ailés se sont envolés vers des cieux plus subtils. L'islam est religion maîtresse depuis 637 apr. J.-C.

Nous traversons une grande rue commerçante animée par des grappes d'hommes en djellaba. Les femmes sont invisibles. La circulation est très lente. Je puis observer la population s'activer mais la méfiance règne. Les quelques épouses présentes sont voilées de la tête aux pieds mais pas de grille sur le visage. Des gosses vendent au feu rouge des chaussettes, lavent les pare-brise. Ça grouille de partout. Difficile de s'imaginer que ce fut, il y a quelques semaines, l'enfer. Soudain, une délicieuse odeur de poisson grillé me monte aux narines. J'imagine les quelque deux millions de Mossouliotes en liesse, accueillir l'État islamique en juin 2014. Un nouvel espoir pour tous les sunnites traditionalistes. Car Daesh n'est pas un extra-terrestre arrivé en

---

6. Catalogue de l'exposition présentée à l'Institut du Monde arabe, *Cités millénaires, voyage virtuel de Palmyre à Mossoul*, 2018.

Irak par hasard. Depuis des années, Mossoul fermente en son sein un islamisme assumé. Les barbes explosives n'ont pas attendu le calife Abou Bakr al Baghdadi pour assassiner des chrétiens et des ecclésiastiques. Dès octobre 2006, les persécutions sont récurrentes. Deux ans plus tard, en 2008, « une purification ethnique est décrétée. Les chrétiens n'ont plus droit de cité »[7]. Aujourd'hui encore, à Mossoul, Daesh continue à vivre en esprit malgré son éradication provisoire.

Notre van blanc passe à quelques mètres de la magnifique mosquée Saddam et de ses dômes somptueux. Nous empruntons le seul pont qui traverse encore le Tigre pour entrer dans la partie ouest de Mossoul. L'eau magnifique du fleuve reflète le soleil.

Et puis, c'est la vision chaotique. Mossoul-Ouest est un champ de bataille inimaginable. Tout est détruit, dévasté. Pas une âme qui vive. Les Américains et la coalition occidentale ont tout rasé. Des kilomètres de gravats silencieux, de cadavres décomposés et de carlingues rachitiques. Quelques groupes d'hommes épars, keffieh rouge vissé sur la tête, discutent au milieu des ruines. Je pense à Fayçal Ier, le roi d'Irak qui déclarait il y a cent ans son amour pour Mossoul, « la porte de l'Irak ».

« Mossoul est à l'Irak ce que la tête est au corps, et quoique, en apparence, il ne s'agisse que de la frontière

---

7. *Ibid.*

entre l'Irak et la Turquie, c'est l'avenir de mon pays tout entier qui est en jeu. »

L'avenir ? Ici, il n'existe pas. Tous les hommes qui prétendent venir libérer le peuple tuent et détruisent.

Nadir nous fait sortir de la ville morte. Maintenant, le désert. On file sur la route du Nord, direction Sinjar. Le cordon ombilical qui lie Mossoul à Raqqa[8] et qui fut emprunté tant de fois par les convois noirs de l'État islamique.

---

8. Ville syrienne située sur les bords de l'Euphrate ; elle fut la capitale de l'État islamique.

9. - La révolte de Sinjar

Les ruines du village de Sinjar. Le silence effrayant du chaos... Et ce beau soleil qui continue à caresser ces millions de pierres brisées. Gabriel, l'ancien diacre de la cité, s'improvise guide de la ville engloutie. Il parle de manière ininterrompue, déambulant désespérément au milieu des décombres.

– J'étais diacre dans cette église. Daesh a fait sauter l'autel... Regardez cette croix brisée. Il y a des inscriptions en araméen... Même le tabernacle est à terre.

Dans l'église du Christ-Roi, il n'y avait pas de bancs. Les gens assistaient à la messe assis sur des tapis.

– Regardez ces trous dans le mur. Ici, c'était la limite de combat entre Daesh et les combattants kurdes.

Sinjar a été pendant trois ans la ville témoin du martyre des Yézidis. Après la fuite des peshmergas, les Yézidis ont combattu seuls contre l'armée noire. Leurs voisins sunnites ont, la plupart du temps, collaboré avec les barbus. Ils ont vendu et dénoncé leurs amis de cinquante ans. Aujourd'hui, si un sunnite de Sinjar revient vivre sur les lieux, je ne donne pas cher de sa peau…

Nous quittons la ville éteinte pour le Mont Sinjar où vivent encore quatre cents familles yézidies exilées. Le Mont Sinjar fut le lieu du repli ultime. Pour les Yézidis, c'est la montagne sacrée où l'arche de Noé s'échoua après le déluge. Ils expliquent avoir été victimes d'au moins soixante-quatorze génocides et qu'à chaque fois qu'ils se sont réfugiés sur le Mont, le destin leur a été favorable.

À mi-hauteur du Mont Sinjar, la route est sinueuse, très longue, très haute. De la montagne, j'ai une vue panoramique sur toute la plaine ; j'imagine la menace djihadiste déboulant par centaines d'hommes et ces pauvres familles yézidies galopant vers ces terres arides et enclavées où le froid règne impérieusement. Saïd, le chef du camp, a participé à l'accueil de 1 300 familles pendant la première année des conflits. Des conditions de vie très dures sous des tentes glacées. Ce peuple fier n'abandonnera jamais sa terre. Les Yézidis, malgré leur extrême pauvreté, ouvrent leur porte comme si l'on était de leur tribu.

Une bassine tourne avec de l'eau chaude. On se lave les mains dans un immense salon chauffé par des poêles à pétrole, assis en tailleur sur une dizaine de matelas. La fumée des cigarettes entretient la chaleur des couvertures. J'ai l'impression d'être sous la tente du Cheikh

Bab-el-Her[9]. Deux jumeaux à keffieh rouge et moustache blanche font office de Dupond et Dupont. Saïd nous invite à partager son dîner. Un exquis couscous au poulet oriental. C'est un pur délice. Soudain, deux jeunes femmes yézidies en uniforme déboulent dans le salon. Elles ont un regard fuyant, très dur. L'horreur laisse des traces. Saïd évoque sa fille, exécutée il y a quelques mois par les zélateurs d'Abou Bakr al-Baghdadi. Aujourd'hui, plus de 2 000 femmes yézidies restent introuvables, vraisemblablement vendues en tant qu'esclaves sexuelles à quelques polygames libidineux. Saïd et tous les survivants honorent ces martyrs qui ont fait le sacrifice de leur vie pour sauver le Mont Sinjar. Nous nous recueillons en la mémoire de ces 280 combattants, tous âgés d'une vingtaine d'années, qui ont résisté fièrement sur les flancs de la montagne. Saïd m'explique que les résistants yézidis se battaient avec des kalachnikovs contre des tanks. Même les femmes ont choisi de prendre les armes à l'instar des combattantes kurdes de Syrie. Plus malines et plus félines que les jeunes hommes - trop téméraires - qui partaient à l'assaut de l'ennemi comme des corsaires inexpérimentés. Les djihadistes étaient épouvantés à l'idée de mourir sous les balles féminines. Une infamie qu'Allah ne leur pardonnerait sans doute pas.

---

9. Voir *Tintin au pays de l'or noir*.

Je ne peux croire que ce peuple immémorial soit adorateur du diable. Corto Maltese, dans *La Maison de Samarkande*, rencontre des Yézidis exaltés et mystiques qui font appel à *Sheitan*. Moi, je ne vois qu'une tribu meurtrie, profondément hospitalière, qui a même la bonté de me donner le drapeau officiel des combattantes yézidies en guise de couverture ! Les poêles ronronnent, les hommes se mettent à ronfler, les femmes se retirent, impassibles.

10. - Baklawas entre moines-soldats

À quelques kilomètres du Mont Sinjar, se cache une unité de résistance composée essentiellement de jeunes peshmergas. Pour libérer la ville en novembre 2015, des forces armées kurdes et les unités peshmergas « YPG » et « HPG » liées au PKK[10] se sont unies aux milices yézidies pour reprendre la ville aux soldats du Califat. Depuis leur victoire commune, la présence des combattants kurdes pour assurer la sécurité des lieux perdure.

Ces peshmergas sont des jeunes hommes, souvent communistes, qui ont répondu à la vocation de moine-soldat. Ils luttent et côtoient la mort tout en l'administrant quand cela s'impose. Le quatuor qui nous reçoit, Gabriel et moi, se fout pas mal du mythe sédentaire « mariage, famille, bonheur ».

– J'ai choisi les armes, pas les femmes ! s'exclame l'un d'entre eux.

---

10. Groupe armé kurde fondé en 1978, principalement actif en Turquie, en Syrie et en Irak.

Lui est le tireur d'élite du groupe. Il a été formé par le PKK. Depuis le début des combats, il a exécuté vingt-quatre barbus et en est très fier. Aucun problème de conscience ou de symptômes post-traumatiques. L'homme, d'une vingtaine d'années, sacrifie avec allégresse tout confort pour la lutte révolutionnaire. Il faut dire que les soldats du PKK sont de solides mercenaires, habitués à la traque et au combat en terrain hostile.

Les quatre bougres ne quittent pas leurs armes. Ils nous proposent un thé chaud et un plateau de *baklawas*[11] au miel. Le samovar siffle déjà. Les soldats font le service, très aimablement, et s'assurent que nous ne manquons de rien. Je m'amuse du gouffre gigantesque qui sépare toute une partie de la jeunesse française de ces moines ardents. Ils n'ont absolument rien en commun. La pleurniche ou le fusil, il faut choisir !

Le quatuor de peshmergas nous resserre en thés bouillants. De nouvelles *baklawas* à la pistache arrivent sur de petits plateaux. Ce *tea-time* martial me revigore. J'aime les êtres instinctifs, radicaux, en fuite, qui méprisent la mort, préférant arpenter les montagnes et les grottes, en marge totale de la *bonne société*. Les portraits de leurs camarades morts en héros nous entourent. Nous

---

11. Délicieuses pâtisseries orientales constituées de fines feuilles de pâte beurrée ou huilée superposées les unes sur les autres.

récitons un *Ave Maria* en arabe pour leur rendre hommage. Les peshmergas se regardent, amusés. Ils acceptent nos chapelets en guise de cadeau, nous saluent avec force et repartent faire une ronde avec leurs lampes torche fixées sur le front.

11. - Zoroastre, mon frère

Le feu du soleil illumine le Monde. Zarathoustra convoque ses fidèles sectateurs. Ils sont nombreux et multiples. Les Yézidis, véritables adorateurs du feu, s'inspirent des croyances zoroastriennes. Ils se transmettent oralement les préceptes multimillénaires de leur religion. On *naît* Yézidi. Impossible de le devenir. Tout est secret, tribal, initiatique. Leur spiritualité équivoque et non prosélyte leur a valu tous les génocides. Dès le XIXᵉ siècle, les Ottomans considéraient que tuer un Yézidi était un acte bénéfique vous expédiant au paradis sans escale. La fascination des Yézidis pour le feu en fait-il pour autant un peuple sataniste? De fait, ils pensent qu'il ne faut pas insulter *Sheitan* car il pourrait se venger…

Sur les hauteurs de la ville de Bashiqa dominent trois temples yézidis avec leurs toits en forme conique, le soleil zoroastrien qui culmine, les rayons incandescents qui dégringolent sur Terre et le serpent noir qui grimpe autour de l'entrée. Pour les Yézidis, le serpent n'est pas un symbole de tentation diabolique. Ils se réfèrent au bon vieux Noé. Dans l'arche, au milieu de la cacophonie animalière, un serpent serait venu colmater un trou dans la coque du bateau. Sacré serpent! Sauver l'arche de Noé du naufrage! Ainsi, dans la mythologie yézidie, le divin reptile symbolise la résolution des problèmes…

Le temple est orienté est-ouest. Le soleil du soir pénètre jusqu'au fond de ce mystérieux sanctuaire. Selon la caste à laquelle on appartient, chacun prie à des moments différents de la journée. À la tombée de la nuit, les prêtres allument des mèches trempées dans de l'huile. La lumière du temple s'illumine lorsque l'éclat du soleil s'efface. Dans le temple yézidi, se dévoile une pièce de 12 m² d'où se dégage une odeur âcre. Au coin, un feu éteint entouré de bouteilles d'huile de Tournesol. En entrant dans le sombre sanctuaire, il faut enjamber impérativement l'unique marche. C'est un peu le « Toi passer à gauche, Sahib! »[12] de *Tintin au Tibet*.

Autour des trois temples, on restaure et creuse de nouvelles tombes. Le cimetière a été complètement anéanti par l'État islamique. Les Yézidis ont échappé de justesse à l'extermination définitive. Hier, sur la route de Sinjar à Mossoul, le diacre Gabriel me montrait des fosses communes atroces où des squelettes de pères et d'enfants yézidis s'empilaient anarchiquement. Férocité innommable contre un peuple qui fut la victime évidente de l'ange déchu et de ses véritables serviteurs.

---

12. Tharkey, le guide de montagne tibétain, implore le capitaine Haddock de passer à gauche du Temple sacré afin d'éviter quelque malédiction.

12. - Un peshmerga à Tapiocapolis

Je relis cette phrase de Charles Fourier : « L'amour est essentiellement la passion de la déraison. » Ici, en Irak, la déraison régente les instincts.

Nous déjeunons avec Nadir dans une ferme bordant la route. Autour de nous, un parc agricole où fleurissent abricotiers et pêches, raisins et haricots. Dégustation d'une savoureuse *dorma* (légumes confits), spécialité de la plaine de Ninive. Puis, c'est une succession heureuse de poulets locaux, de riz et de moutons. Afin de ne pas m'assoupir, je m'enfile un grand café mélangé à une épice, le *qardamon*. Pour assurer leur digestion, les fermiers partagent un narguilé aussi fumant qu'une locomotive à charbon.

Devant l'église de Tellesqof.

Un imposant checkpoint kurde vérifie nos passeports. Avant la Libération, les peshmergas combattaient, *au-devant de la mort*, l'État islamique. Aujourd'hui, l'ennemi redevient l'armée irakienne. Depuis des décennies, les

Kurdes ont pris les armes contre Bagdad. Il y eut, en 1988, l'épouvantable massacre des habitants de la ville de Halabja où 5 000 civils kurdes périrent sous les gaz d'Ali Hassan Al-Majid. Ali le chimique, comme on le surnommait naguère, ne faisait pas dans la dentelle. Moustache baasiste réglementaire, originaire de Tikrit comme Saddam, le général Ali était connu pour ses annonces fracassantes. Le 26 mai 1987, il évoquait le problème kurde en ces termes : « Je vais les tuer tous avec des armes chimiques ! Qui va dire quelque chose ? La communauté internationale ? Qu'elle aille se faire foutre ! »

Les Kurdes d'Irak ont toujours voulu faire sécession avec le pouvoir central, quitte même à suppléer les Yankees dans leur invasion du pays en 2003. Alliance de circonstance qui aboutit en 2005 à une autonomie du Kurdistan irakien. Mais l'affaire est loin d'être réglée. Les peshmergas aimeraient reprendre la précieuse ville de Kirkouk. Capitale plus prestigieuse qu'Erbil ! Depuis le référendum pour l'indépendance du Kurdistan organisé en septembre 2017[13], la situation économique du nord de l'Irak est complexe. L'embargo décrété par Bagdad implique une fermeture des frontières du Kurdistan à la Turquie pour les biens et marchandises mais aussi celle de l'espace aérien d'Erbil. La déclaration d'indépendance

---

13. Le 25 septembre 2017, plus de 92 % des votants se prononcent pour l'indépendance du Kurdistan. Référendum contesté par le premier ministre irakien et la Turquie.

a vidé l'aéroport kurde où des dizaines de soldats et contrôleurs s'activent pour quelques poignées de voyageurs quotidiens. Cela dit, les drapeaux du jeune Kurdistan trônent dans le terminal, se déploient fièrement sur une dizaine de mètres. Ils sont parfaitement repassés. La coquille est vide mais remarquablement lustrée...

Mais revenons à Tellesqof.

Je m'aventure dans l'église chaldéenne Saint-Jacob. Y subsiste une peinture abîmée, mais toujours émouvante, du saint martyrisé par les Perses. Un guerrier brandit son sabre ; il vient de couper trois doigts au pauvre Jacob qui arbore une tunique verte et un visage christique.

À quelques pas de Saint-Jacob, la magnifique église Saint-Georges qui est en pleine rénovation. Agréable odeur de vernis et de peinture. Le curé, vêtu d'une chemise noire et d'un col romain, souhaite une restauration d'orfèvre, pas de petits accommodements médiocres avec des spécialistes du contre-plaqué. La renaissance du patrimoine chrétien est une priorité absolue. Des cendres doit triompher la beauté. Le prêtre voit les choses en grand :

– Rien n'est trop beau pour le bon Dieu ! s'exclame-t-il.

Enfin un nostalgique de la Renaissance italienne qui ne se cache pas derrière une humilité de mauvais goût !

Nous terminons notre promenade chez le général peshmerga, administrateur de la ville de Tellesqof. Une espèce de général Tapioca aux yeux plissés. Il prend des postures de grand stratège et de fin politicien. Les Kurdes essaient de créer une unité nationale à tout prix. Les chrétiens doivent être leurs alliés. Depuis un mois, une trêve a été prononcée entre l'armée irakienne et les peshmergas. Tellesqof est sur siège éjectable. La ville se situe hors des frontières administratives du Kurdistan. La ligne de démarcation est ambigüe, explosive. Cette histoire se réglera, *inch'Allah*, de manière diplomatique à Bagdad...

Tapioca me propose une énième tasse de thé. Je sature. Ici, on gonfle comme des montgolfières. Ce sont les désagréments de l'hospitalité orientale. Nous quittons quelques instants la pantomime politique pour aller nous recueillir sur la tombe du prophète Nahoum. La plaine de Ninive est le cœur brûlant des anciens prophètes. La sépulture de Nahoum est recouverte d'un long tissu vert. Des stèles en hébreux sont incrustées dans les murs de ce joli tombeau. J'allume un cierge et ferme les yeux quelques instants...

13. - Le Rancé d'Alqosh

Je l'aperçois depuis la plaine. Le monastère *Rabban Hormizd* s'encastre à 815 mètres d'altitude dans « le massif montagneux qui borde l'antique Assyrie ». C'est ici, à quatre kilomètres de la ville d'Alqosh, au nord de Mossoul, que les chrétiens persécutés venaient demander l'asile. Il surplombe la plaine de Ninive, taillé au flanc de la montagne. Nous sommes chez les Antonins chaldéens.

Depuis le XIXe siècle, le monastère n'est plus habité. Il sert encore d'ermitage à quelques mystiques. Les moines vivent aujourd'hui dans un monastère moderne en contrebas...

Depuis le chemin de ronde, je contemple la plaine ensoleillée. Six tombes de soldats kurdes ont été édifiées par le supérieur du monastère et ce, contre la volonté de Saddam Hussein. Si l'Église irakienne a toujours considéré le Raïs comme un protecteur, elle n'a pas hésité à octroyer à ces pauvres soldats une sépulture décente. On a pardonné aux Kurdes les innombrables pillages à l'encontre de l'ermitage pendant tout le XIXe siècle. Je pense à Luther creusant, contre la volonté de Rome, une tombe pour un gamin suicidé. La miséricorde ne demande rien en retour et se fout du droit canon.

Le monastère fut fondé par saint Hormizd en 640. Des grottes troglodytiques et des contreforts massifs lui donnent fière allure. Au loin, j'entends la complainte des loups…

Dans les galeries hautes d'un mètre trente, on se déplace comme dans une grotte préhistorique. J'arrive accroupi dans la cellule du moine Hormizd. 8 m² dans la roche. L'ascète suspendait ses mains par des chaînes pour prier toute la nuit et ne pas s'endormir. Le plafond forme un petit dôme. Il faut imaginer Hormizd, dans sa sombre cellule rocheuse, prier nuit et jour pendant plus de vingt-cinq ans. Une vie TOTALEMENT retirée, au centre de la Terre. Noir et silence absolus. Je ne suis pas sûr que l'abbé de Rancé, le réformateur de la Trappe, atteignit une telle radicalité ascétique.

Hormizd et Rancé partageaient le même souci de privation, d'annihilation des passions basses, de meurtre doux et volontaire de leur propre chair. Et ce, à un millénaire et un continent d'écart. Ce qui fascine chez ces anachorètes, c'est leur foi absolue, aucun compromis, tout pour Dieu, à chaque seconde de chaque instant un abandon total dans les bras du Christ. Un contraste se dessine de fait entre ce clergé régulier intempestif et les pasteurs du séculier, toujours plus prompts à composer avec l'esprit du monde. Michel Onfray, dans le récit de son expérience à la Trappe[14], demeure, à juste titre, intransigeant :

« Le moine se veut plus mort que vif, c'est tout le sens de sa vie ; le prêtre plus vif que mort. L'un veut la radicalité et entre de ce fait dans le sublime ; l'autre pratique les arrangements avec le ciel et vit toute sa vie dans l'arrière-cuisine de la transcendance. »

Les casseroles claquent dans un charivari qui pue la tiédeur. Il est vrai que lorsque l'on serre la main de certains prêtres irakiens ventripotents - sympathiques et joviaux au demeurant ! - , quand on sent à plein nez l'attachement de ces hommes au luxe, à la belle bagnole, au wifi dernier cri (au milieu d'un champ de ruines), au prestige social et à l'éminente qualité de roitelet local, où l'on rechigne à prier avec des familles en détresse, où l'on célèbre la messe mécaniquement, s'éloignant avec indifférence de la merveilleuse *ébriété divine*[15] que procure le sacrement eucharistique, on ne peut que s'interroger sur la foi de nos pères. Pourquoi ces compromissions mondaines, vaniteuses, dégoutantes ? Combien la vocation monastique semble soudainement *supérieure* car *intégrale*... Chez saint Hormizd, on ne joue pas avec le Monde. Le face-à-face avec Dieu est quotidien, plein de rudesse.

---

14. *La stricte observance, Avec Rancé à la Trappe*, Michel Onfray, Gallimard, 2018.
15. « L'ébriété divine », belle expression de Michel Maffesoli dans *La Parole du silence*, éd. du Cerf, 2016.

Mais sans doute ne faut-il pas avoir de jugements trop hâtifs !

« L'austérité correspond à la grâce d'un seul homme (c'est cette *singularité* qui me captive !) tandis que la douceur et la miséricorde s'appliquent à tous les hommes : elles sont vivantes dans le cœur de chacun. »[16]

Peu accèdent à la joie de l'ascèse mais tous sont appelés à l'amour et à la charité…

Dans la cellule, le noir est totalitaire. Je me dirige à l'aveugle vers une croix incrustée dans le mur. Une légende raconte que si on la touche du premier coup, sans lumière complice, le vœu que l'on prononce quelques secondes avant de s'engager dans ce colin-maillard superstitieux se réalisera. Je tente ma chance… Saint Hormizd, du haut de son Ciel, doit, en toute bienveillance, me trouver bien pathétique.

16. *Délivrés, méditations sur la liberté chrétienne*, Guillaume de TANOÜARN, éd. du Cerf.

14. - La semence des martyrs

La nuit tombe sur la ville de Qaraqosh. Un œil se pose sur le Judas de la porte blindée d'un immeuble rescapé. Le général Behnam, vieil officier pétulant de l'armée irakienne, ouvre soudainement son appartement et m'accueille à bras ouverts. Sa femme et ses enfants se tiennent au garde à vous, tout sourire, et m'invitent à m'asseoir sur le vaste canapé beige du salon. L'électricité vacille. Il faut sans cesse descendre à la cave pour rallumer le générateur.

Behnam fut un prestigieux officier catholique sous Saddam Hussein. Il a vécu aux quatre coins de l'Irak, obéissant fidèlement aux prescriptions du Raïs. Il y a quelques mois, ce fin limier de 70 ans a orchestré le plan stratégique pour libérer Qaraqosh des barbus. Behnam, c'est un peu mon colonel Spönsz (gentil) à moi. Il me raconte avec la ferveur d'un gosse comment il est venu à bout de Daesh.

Entre deux reconquêtes, son épouse nous apporte mille mets exquis dont deux grosses carcasses de poulets garnis.

Je ne sais comment récupérer un morceau de *blanc*. J'observe. Tout le monde se sert dans le plat avec ses mains relativement propres. Je m'exécute. Le général m'explique que les chrétiens commencent à rentrer progressivement. Depuis la Libération, 4 500 familles habitent à Qaraquosh contre une centaine il y a trois mois. Il faut impérativement déminer toute la zone. La frousse des maisons piégées… Mais la réémigration des autochtones repose aussi sur la relance de l'économie locale. Il faut rétablir un cercle vertueux.

– Cet été, une ferme d'élevage de poulets a repris son activité à Qaraqosh. Aujourd'hui, plus de 9 000 poussins gambadent sous une serre chauffée avant d'être vendus, quarante jours plus tard, aux marchands grossistes à Erbil et à Mossoul… Vu votre appétit, ils n'ont pas l'air de vous déplaire !

Behnam pousse un éclat de rire, boit une gorgée de vin oriental et retrouve soudainement son sérieux.

– À cinq kilomètres, en plein milieu d'un champ, Salem vient de relancer avec trois de ses fils son usine de marbrerie. C'est le premier atelier qui a rouvert dans toute la plaine de Ninive ! Salem y fabrique des éviers en résine, souvent pailletés et clinquants… Je vous y emmènerai… Il travaille en partenariat avec Rode, un jeune menuisier syriaque catholique de quarante ans. Rode a fait renaître de ses cendres son usine de PVC à Qaraqosh. Pendant l'occupation barbue, les ateliers de Rode servaient à confectionner des voitures piégées. Derrière quelques cartons, on a même retrouvé un tableau poussiéreux où figure un mode d'emploi de bombe artisanale !

Le général Behnam est intarissable. Il me parle fièrement de Saad, le ferronnier, d'Aeid, le propriétaire du lavomatique de Bashiqa, des artisans-boulanger et des restaurateurs qui se réimplantent prudemment. Tous des pères de famille irakiens souhaitant renouer avec leur dignité d'homme. Tous, à leur niveau, les phœnix de l'Irak nouvelle.

15. - Le cheval brisé de Mar Behnam

Le van blanc de Nadir file vers le monastère de Mar Behnam. Nous sommes escortés par une dizaine de mercenaires du NPU, la milice chrétienne de la plaine de Ninive. Les jeunes hommes cagoulés assurent la sécurité de Monseigneur Petros Mouché, l'archevêque syro-catholique de Mossoul. Trois pick-up armés de mitrailleuses roulent à tombeau ouvert. Les voitures inquiètes laissent passer cet étrange convoi paramilitaire. Les mercenaires, bustes gonflés, sont debout sur la carriole, cagoules au vent ; ils impressionnent et rappellent aux crapules hostiles que les chrétiens sont prêts au combat et maintiennent la sécurité autour de Qaraqosh.

Nous arrivons en grande pompe cirée au monastère syriaque. L'édifice fut fondé au IVe siècle sur le tombeau de Mar Behnam. C'est bien la preuve que depuis plus de 1700 ans, les chrétiens sont les fils irréductibles de l'Irak. Contrairement aux élucubrations de Daesh, leur présence a longuement précédé la conquête islamique. Les chrétiens ont été évangélisés très tôt par saint Thomas et ont su, dès le départ, se constituer en Église. Il y a ce saint mythique, Mar Behnam, l'un des premiers princes assyriens convertis au christianisme. Il a initié son peuple aux enseignements de Jésus avant d'être martyrisé par son propre père. L'hagiographie raconte que le jour de son martyr, le père infanticide a vu l'âme de son fils monter au ciel. Le papa prodigue se convertit alors sur-le-champ et fit édifier un tombeau pour son fils et sa fille Sarah. Depuis des siècles, les moines syriaques catholiques sont les gardiens fidèles du sanctuaire et ce, jusqu'à l'invasion éclair de l'État islamique en 2014. Pendant plus de deux ans, les djihadistes ont pris leur quartier dans le monastère ce qui a - heureuse conséquence ! - permis la préservation relative du lieu. Autre miracle, la précieuse bibliothèque du monastère qui a été sauvée des flammes grâce à la dissimulation des ouvrages, pendant près de mille jours, derrière un mur de briques construit à l'arrachée dans un cagibi, quelques heures avant l'arrivée des barbus sanguinaires.

En revanche, tous les symboles chrétiens ont été martelés, brisés, biffés. Toutes les inscriptions en syriaque ou en araméen ont été délibérément piquées. Daesh a détruit tout ce qui pouvait ressembler à une croix. Même les figures des moines, des saints mythiques et de pauvres animaux ont été burinées. Les hommes d'Al-Baghdadi, dans leur folie iconoclaste, ont voulu éradiquer les symboles de la présence chrétienne en Irak. *Du passé, faisons table rase !* Une antienne totalitaire bien connue. Avant de déguerpir, les islamistes ont bien tenté de faire sauter le monastère. En vain... Les dix-neuf bonbonnes à retardement n'ont miraculeusement pas explosé. Seul le tombeau de Mar Behnam a été sèchement scalpé. Il représentait tout ce que l'État islamique abhorrait : la vénération des saints, d'une part, mais aussi un lieu de pèlerinage fédérateur. Mar Behnam, un saint irakien qui, depuis des siècles, a su rassembler autour de lui les chrétiens, pour sûr, mais aussi des Yézidis et des sunnites qui continuent à lui rendre hommage. Pour Daesh, un carrefour spirituel scandaleux qui pervertissait la piété du *bon musulman.*

Aujourd'hui, l'église du monastère est restée debout. Ce magnifique édifice du XIIe siècle abrite une coupole de la Vierge Marie, unique dans tout le Proche-Orient, où figurent des morceaux de céramique avec des prières écrites en araméen, mêlées à des rayons de soleil hypnotiques qui mènent, d'une manière inexorable, à Dieu.

– Une splendeur ! me susurre à l'oreille le mutique archevêque de Mossoul.

Il est d'une discrétion bourrue, lui, le fils de paysan irakien.

Cinquante mètres plus loin, sur un *tell*[17] du néolithique, le fameux tombeau de Mar Behnam. On y accède par deux souterrains encore très fragiles. Pour y pénétrer, il faut se

---

17. Une colline artificielle formée par une accumulation de ruines.

baisser, être humble. En ressortant de l'autre bout du tunnel, on renaît devant Dieu, libéré du *vieil homme* qui croupit désormais à l'entrée du tombeau. Au cœur de ce mausolée chrétien, le temps est déjà à la reconstruction. Une vingtaine d'ouvriers irakiens terminent d'évacuer les éboulis pour réédifier la coupole. L'équipe se fonde sur un ancien cliché du tombeau saisi en 1910 et gracieusement prêté par le service d'archéologie de Mossoul.

Des murs blancs enduits à la chaux entourent les quelques pèlerins venus se recueillir. La niche où reposent les saints Behnam et Sarah est faite du marbre de Mossoul. Je m'imagine la crèche de Bethléem… Humble et dénudée. Les chrétiens s'évertuent à relancer la piété populaire autour de ce joyau d'Église. Renouer avec l'antique tradition du pèlerinage. Retrouver l'unité symbolique du peuple autour de ce saint sépulcre. Je regarde une dernière fois la tombe martyrisée. Mar Behnam ne remontera pas sur son cheval de sitôt…

16. - La petite Palmyre

Les civilisations sont éphémères comme des bulles de savon. Il est inimaginable de se dire qu'autant d'années séparent le règne d'Assurnazirpal II de la naissance du Christ, que nous, enfants du XXIe siècle, de Gengis Khan et de Saladin. En 612 av. J-C., les Babyloniens - qui contrôlent le sud de la Mésopotamie - défont l'Empire assyrien (Mésopotamie du nord) en s'alliant avec les Mèdes. L'antique Ninive chute pour toujours. Pourtant, 250 ans plus tôt, au IXe siècle avant notre ère, le roi Assurnazirpal II faisait resplendir la domination assyrienne sur l'Orient en faisant de Kalkhu la nouvelle capitale de son Empire. Assurnazirpal était un esthète, sûr de son goût. La *Stèle du banquet*[18] précise l'état d'esprit de l'Empereur. Il faut l'imaginer dicter sa satisfaction sur ces pierres antiques.

---

18. Stèle assyrienne découverte en 1951.

« *Moi, Assour-nazir-pal, le roi dont la gloire est puissante, par la pensée de mon cœur, car* (le dieu) *Ea, le roi des profondeurs, m'a pourvu d'une vaste intelligence, j'ai repris Kalkhu et j'ai changé son ancienne colline, j'ai creusé jusqu'au niveau de l'eau et j'ai construit une vaste terrasse. Un palais décoré en bois de buis, mûrier, cèdre, cyprès, un palais en bois de pistache, de tamaris, de peuplier, huit palais pour ma résidence royale, j'ai fondé ici. Les portes, je les ai revêtues de bronze…*»

Assurnazirpal II décora somptueusement ses palais « d'argent, d'or, d'étain et de fer, butin provenant des pays sur lesquels [il avait] étendu [sa] domination. »

Kalkhu, mieux connu aujourd'hui sous le nom de Nimroud, devenait le joyau resplendissant de la Mésopotamie. Pour l'inauguration de la ville, le roi assyrien convia quelque 70 000 convives à un banquet pantagruélique afin de célébrer la beauté de cette cité paradisiaque. Il ajoutait sur cette fameuse *Stèle du banquet*, quelques considérations heureuses à l'égard de ses commensaux : « Je les ai nourris pendant dix jours, je les ai abreuvés de vin, je les ai fait baigner, oindre. Ainsi je les honorai puis les renvoyai dans leurs contrées dans la paix et dans la joie. » Quel hôte impérial !

Lorsque l'État islamique s'empare du nord de l'Irak en 2014, l'une de ses priorités est la destruction de tout ce qui peut s'apparenter au polythéisme idolâtrique de l'ancienne Mésopotamie. En mars 2015, les barbus font sauter à l'explosif et à l'aide de bulldozers le site archéologique de

Nimroud. Le temple de Nabû, sanctuaire illustre de 2 800 ans d'âge dédié au dieu mésopotamien de la sagesse et de l'écriture, est rasé. Les taureaux ailés, traditionnels protecteurs des palais et du territoire de la dynastie assyrienne, se brisent en mille morceaux. Les souterrains de Nimroud, où reposent les âmes de plusieurs reines d'Assyrie, tremblent de rage. Daesh se gausse de son entreprise de destruction massive. Comme des gamins attardés, les djiha-distes prennent un malin plaisir à éradiquer les pierres immobiles et fatiguées de ce peuple disparu. Si Assurnazirpal II revenait sur Terre avec son armée, il coulerait ces rustres dans le Tigre et organiserait le soir même un banquet orgiaque pour célébrer la victoire de la vie sur la mort…

Je me promène sur les ruines de Nimroud. Il n'y a pas un chat. Sans doute, quelques dizaines de mines explosives moisissent dans le désert environnant. Les pilleurs de vestiges ont dû boire du petit-lait avec ces canailles d'Olrik et Sharkey[19]. Les *lamassus*, ces magnifiques taureaux ailés à barbe, sont disséminés dans les gravats. Tout est détruit. Quelques pièces éparses, des visages mésopotamiens émouvants, jonchent le sol. Je les caresse en silence. Je pense à ce millénaire d'Empire assyrien qui a su charmer la Terre et les dieux et qui, aujourd'hui, est oublié des hommes.

---

19. Deux épouvantables pilleurs sévissant en Égypte, voir *Le Mystère de la grande pyramide, Blake et Mortimer*, d'E.P Jacob.

17. - Une Kurde passe...

J'ai le désir d'être seul.

Le grand silence.

Avant de prendre l'avion pour Istanbul, je dînai chez une famille chrétienne d'Erbil. Les télévisions plasma étaient allumées en continu, le bourgeoisisme rampait sous la table du salon. Les enfants, tous gras, à binocles rondes, étaient habillés à l'Occidentale - ou devrais-je dire à l'américaine - et parlaient un anglais limpide. La bourgeoisie arabe catholique me crispe. On en viendrait à regretter les guerriers exotiques des *Mille et Une nuits* avec leurs yeux de diable et leurs turbans surmontés d'une crinière. Les gros moutards dodus sont le fruit pourri de l'Amérique crasse et vulgaire. Ils sont sûrs d'eux-mêmes, éternellement repus de leur réussite scolaire, protégés comme des clochards radioactifs de la violence et de l'exil. Le pirate de la mer Rouge, Henry de Monfreid, les avait déjà décrits avec une terrifiante lucidité :

« *Je pense à ces pauvres enfants que la bonne va chercher à la porte du lycée, qui traversent la rue sous la protection d'un agent, qu'on élève en couveuse jusqu'à l'âge d'homme, qu'on exempte du service militaire et qu'on transplante en serre chaude, dans une fonction de choix, à l'abri de tout. Ils arrivent ainsi au seuil de la vieillesse avec des âmes de bébé. Toutes les qualités viriles sont mortes ; ils n'ont plus de défense, comme des fleurs d'appartement ou des oiseaux de volières. Je ressens toujours une profonde pitié pour de tels hommes, et combien me paraissent coupables, ceux qui sacrifient ainsi leurs enfants par excès d'affection qui n'est qu'égoïsme et lâcheté ; ils veulent s'éviter l'angoisse de voir leur fils courir les risques et les dangers qui, seuls, peuvent forger un caractère et préparer à la lutte.* »[20]

Heureusement, ma dernière vision d'Irak ne sera pas aigre. D'Istanbul à l'aéroport Charles-de-Gaulle, je discute passionnément avec ma voisine de hublot, Gul Arig, une jeune Kurde au sourire *archangelesque*. Elle me raconte sa vie vagabonde entre Paris et Istanbul. Son regard est fier. Mon Amazone me dit que je suis *un Oriental dans l'âme*. Instinctif. Elle me sourit avec ses yeux plissés, chaleureux et mélancoliques. Regards que j'ai croisés à maintes reprises chez les valeureuses combattantes yézidies et les chrétiens en exil. Regards crucifiés mais toujours complices. Meurtris, mais affamés de résurrection.

Paris, Abbaye de Saint-Valery-sur-Somme.

---

20. *La Croisière du hachich*, Henry de Monfreid, éd. Grasset.

TABLE

IMPRIM'VERT®

Achevé d'imprimer par CPI,
en avril 2019
N° d'imprimeur : 152710

Dépôt légal : mai 2019

Imprimé en France